AF185887

Tucholsky
Wagner
Zola
Scott
Fonatne Sydow
Freud
Schlegel

Turgenev
Wallace

Twain
Walther von der Vogelweide
Fouqué
Friedrich II. von Preußen

Weber
Freiligrath
Frey

Fechner
Fichte
Weiße Rose
von Fallersleben
Kant
Ernst
Frommel

Richthofen

Engels
Fielding
Hölderlin

Fehrs
Faber
Flaubert
Eichendorff
Tacitus
Dumas

Maximilian I. von Habsburg
Fock
Eliasberg
Zweig
Ebner Eschenbach

Feuerbach
Ewald
Eliot
Vergil

Goethe
Elisabeth von Österreich
London

Mendelssohn
Balzac
Shakespeare
Dostojewski
Ganghofer

Lichtenberg
Rathenau

Trackl
Stevenson
Doyle
Gjellerup

Tolstoi
Hambruch

Mommsen
Lenz
Droste-Hülshoff

Thoma
Hanrieder

Dach
Verne
von Arnim
Hägele
Hauff
Humboldt

Reuter

Karrillon
Garschin
Rousseau
Hagen
Hauptmann
Gautier

Damaschke
Defoe
Hebbel
Baudelaire

Descartes

Hegel
Kussmaul
Herder

Wolfram von Eschenbach
Dickens
Schopenhauer

Bronner
Darwin
Melville
Grimm Jerome
Rilke
George

Bebel

Campe
Horváth
Aristoteles
Proust

Bismarck
Vigny
Barlach
Voltaire
Federer
Herodot

Gengenbach
Heine

Storm
Casanova
Tersteegen
Grillparzer
Georgy

Chamberlain
Lessing
Langbein
Gilm

Brentano
Gryphius

Strachwitz
Claudius
Schiller
Lafontaine

Katharina II. von Rußland
Bellamy
Schilling
Kralik
Iffland
Sokrates

Gerstäcker
Raabe
Gibbon
Tschechow

Löns
Hesse
Hoffmann
Gogol
Wilde
Vulpius

Gleim

Luther
Heym
Hofmannsthal
Morgenstern

Klee
Hölty
Goedicke

Roth
Heyse
Klopstock
Kleist

Luxemburg
Puschkin
Homer
Mörike
Musil

La Roche
Horaz

Machiavelli
Kierkegaard
Kraft
Kraus

Navarra
Aurel
Musset
Moltke

Nestroy
Marie de France
Lamprecht
Kind
Kirchhoff
Hugo

Nietzsche
Nansen
Laotse
Ipsen
Liebknecht

Marx

von Ossietzky
Lassalle
Gorki
Klett
Ringelnatz

May
Leibniz

vom Stein
Lawrence
Irving

Petalozzi
Knigge

Platon

Sachs
Pückler
Michelangelo
Kafka

Poe
Kock

Liebermann
Korolenko

de Sade
Praetorius
Mistral
Zetkin

Die Ehemänner

Charles Paul de Kock

Impressum

Autor: Charles Paul de Kock
Übersetzung: Heinrich Elsner
Umschlagkonzept: toepferschumann, Berlin

Verlag: tradition GmbH, Hamburg
ISBN: 978-3-8424-0849-4
Printed in Germany

Text der Originalausgabe

Paul de Kock

Die Ehemänner

1862

I. Vorläufige Bemerkungen

Beaumarchais hat gesagt: »Von allen ernsthaften Sachen ist das Heirathen die lächerlichste!«

Aber Beaumarchais, der immer geistreich sein wollte, stellte oft seltsame Behauptungen auf, die er nur durch Scherze unterstützen konnte.

Nein, das Heirathen ist, weiß Gott, nichts Lächerliches, und der Zustand eines verheiratheten Mannes nicht immer so angenehm, als man sich einbildet. Denn damit ist man noch nicht befriedigt, daß man zu Hause seine Pantoffeln antrifft und mit Aufmerksamkeit behandelt wird ... was übrigens erst nicht immer der Fall ist! Manche Männer verlangen so gar viel zu ihrem Glücke, andere so wenig! ... Aber dieses Wenige ist oft eben so schwer zu finden, wie das Viele.

Und doch verheirathet sich Alles! ... Die, welche es noch nicht sind, werden es noch thun (sich unter das Ehejoch beugen, versteht sich). Und Gott verhüte, daß wir uns wollten einfallen lassen, eine Abhandlung *gegen* den Ehestand zu schreiben.

Da die Mehrzahl den Ehestand genießen will, so ist das doch ein Beweis, daß trotz aller gegen denselben und die Ehemänner ausgegossenen Spöttereien, diese Verbindung, welche zwei Menschen zeitlebens aneinander kettet, mehr Vorzüge und Freuden als Langeweile und Widerwärtigkeiten mit sich bringen muß. Und wie stände es mit uns, wenn man sich nicht verheirathete? Sind wir nicht auf Erden, um in Gesellschaft zu leben? und hauptsächlich uns zu lieben?

> Noth thut die *Liebe*, sie ist's, die uns hält:
> Denn wer nicht liebt, ist traurig anzuschauen! ...
> Wir müssen Nachts, was uns erfreut und quält,
> Des Liebchens zartem Busen anvertrauen,
> Ihm Morgens öffnen uns're inn're Welt,
> Mit ihm nur wandeln auf des Traumes Auen.

Das hat Voltaire behauptet, und ich bin ganz seiner Ansicht.

Da man sich nun Nachts seinem Liebchen anvertrauen soll, muß man nothwendig den zarten Gegenstand, welchen unser Herz anbetet, in seiner Nähe haben.

Das ist überdies auch die Lehre der Apostel: *Melius est nubere quam uri* (besser ist heirathen als Brunst leiden).

Folglich hat man vollkommen Recht, sich zu verheirathen.

Warum aber sehet ihr dann, ihr verheiratheten Herren, oft so sonderbar aus? Warum wollet ihr euer Verhältniß verläugnen, indem ihr den Gang, das Wesen, kurz das Aeußere eines Junggesellen anzunehmen sucht?

Warum beklagt ihr euch gleich im Anfange eures Ehestandes darüber (über das Verheirathetsein, versteht sich)?

Warum hört ihr gleich auf, den Liebhaber zu spielen? Warum seid ihr nicht mehr galant, zuvorkommend, eifrig, liebenswürdig, häufig sogar nicht mehr verliebt? ... Denn ihr unterlasset eine Masse Dinge nach der Hochzeit, oder thut sie wenigstens *nicht mehr so gut* ... als vor der Hochzeit.

Warum gewöhnt ihr euch, statt die Zwistigkeiten durch ein wenig Geduld oder Gefälligkeit zu verhüten, an das Streiten mit eurer Frau, wie an das tägliche Kaffeetrinken?

Warum sucht ihr, wenn sich die Langeweile in euer Hauswesen einschleichen will, das Vergnügen gleich auswärts, statt euch zu bemühen, es in eurem Innern festzuhalten?

Warum gebt ihr zuerst alle möglichen Veranlassungen, die euch die Liebe einer Frau entziehen müssen?

Warum seid ihr einfältig genug, Verbindungen mit hübschen oder geistreichen Männern zu unterhalten, im Vergleich zu denen ihr nothwendig verlieren müßt?

Warum erzählt ihr dummer Weise überall, daß euch eure Frau nicht liebe? Das kommt gerade heraus, als ob ihr sagen wolltet: »Die Stelle ist erledigt, ich besetze sie nicht mehr, man kann sich melden.«

Warum! warum! ... Ich wette, ihr denkt schon bei euch: »Das Alles thun *wir* nicht.«

So! ihr Alle thut das nicht? ... Seid ihr davon so fest überzeugt? ... Man kennt sich gar oft selber nicht.

Wollet ihr wissen, wie ihr es machet?

Ich werde es euch zeigen und seid überzeugt, daß ich die Farben nicht zu stark auftragen werde.

II. Der Neuvermählte oder – wie man sagt – die Flitterwochen

Erstens steht der Neuvermählte sehr spät auf; man kann ihn fast nicht aus dem Bette bringen. (Es versteht sich von selbst, daß seine Frau auch noch darin liegt.)

Ist er ein Beamter, so sagt er: »Ach, meiner Treu', ich komme zu spät, um das Eintrittsverzeichniß bei dem Thürsteher zu unterzeichnen, ich gehe lieber gar nicht hin.«

Ist er Kaufmann, so sagt er: »Die Commis sind unten, sie brauchen mich nicht zum Oeffnen des Magazins. Morgens wird nicht viel gekauft; außerdem müssen die jungen Leute sich auch selbst ausbilden, ich kann sie nicht unaufhörlich überwachen.«

Ist er ein Geschäftsmann, so sagt er: »Ich habe zwar auf heute Morgen eine Zusammenkunft mit Jemand ausgemacht ... aber ich finde mich heute Abend ein, das wird auf Eins herauskommen. Jedenfalls kann man sich nicht zu Tode arbeiten.«

Lebt er bloß von seinen Renten, so sagt er gar Nichts; wenn ihn jedoch seine Frau fragt, wie viel Uhr es sei, so küßt er sie und erwidert: »Was liegt uns daran, wir haben ja keine Eile. Sind wir nicht unsere eigene Herren?«

Er beweist ihr dieses auch wohl noch durch andere Gründe, die mit *noch zärtlicheren Liebkosungen* begleitet sind.

Madame läßt sich gerne *überzeugen*; sie findet, daß ihr Mann mit einer sehr *eindrucksvollen Beredsamkeit* begabt ist ... und gratulirt sich, einen Mirabeau geheirathet zu haben. Sie gratulirt sich überhaupt.

Die Liebe genügt übrigens nicht allein zur Erhaltung unserer schwächlichen Maschine; Cythere's Freuden greifen im Gegentheil unsern Magen an:

Sine Cerere et Baccho friget Venus.
(Ohne Brod und Wein, friert die Liebe ein.)

In kurzer Zeit gesteht unser junger Ehemann, daß er Hunger habe; seine Frau antwortet:»Das Frühstück wird auf uns warten, wir wollen aufstehen.«

»Ei, weßhalb aufstehen?« ruft unser Ehemann, seine Gattin mit verliebten Armen umschlingend, aus.»Wir wollen im Bett frühstücken, theures Herz, das ist weit hübscher.«

Madame hat Nichts dagegen einzuwenden; sie lächelt ihrem Gatten zu, der immer so *genußreiche* Einfälle hat.

Man frühstückt im Bette.

Das mag zwar sehr hübsch sein, aber es ist sicherlich nicht bequem. Einerlei, die Liebe findet Alles reizend.

Nach dem Frühstück steht man noch nicht gleich auf; man hat sich eine Masse von Dingen zu erzählen, die man sich eben so gut im Bette als außerhalb desselben mittheilen kann. Das Frühstück hat die *Beredsamkeit* des Gatten wieder auf's Neue hervorgerufen und er unterhält *das Gespräch* in bewunderungswürdiger Weise.

Madame ist der Meinung, sie habe einen Abkömmling des großen Simson geheirathet, welcher so merkwürdige Dinge ausführte, ehe Delila ihm den Kopf abschor.

Endlich steht man auf.

Man kleidet sich unter tausend Scherzen und Späßen an, versteckt sich, läuft wieder zusammen und gibt sich zahllose Küsse.

Die Stunde des Mittagessens rückt heran und man hat noch Nichts gethan als gelacht, gescherzt und getändelt.

Der Herr findet, daß der Tag rasend schnell vorübergegangen ist. In den schmachtenden Augen seiner Frau liest man dasselbe.

>   »Der Herr wird nicht müde,
>   Sein Weib anzublicken,
>   Die Taille zu fassen,
>   Die Händ' ihr zu drücken,
>   Ihr Knie zu berühren,
>   Sie ganz zu *verrücken*.«

Wenn er sie nicht *überall* anrühren kann, macht er ein mürrisches Gesicht, schmollt, seufzt, kurz, er lebt gar nicht.

Madame befürchtet, es möchte zu weit gehen und ihr Mann aus übermäßiger Liebe den Kopf verlieren.

Bei Tische nimmt der Herr seine Frau auf den Schooß, trinkt aus dem Glas, woraus sie getrunken, ißt aus einem Teller mit ihr. Sein türkischer Schlafrock wäre ihm unausstehlich, wenn seine Frau nicht daran herumgekrabbelt hätte.

Wenn sich die jungen Gatten entschließen, Abends das Theater zu besuchen, so bleiben sie nicht bis an's Ende; gehen sie in Gesellschaft, so dringt der Herr bei Zeit auf die Heimkehr. Er winkt seiner Frau von ferne zu; diese bedeutet ihm, daß es die Schicklichkeit nicht erlaube, sich so bald zu entfernen. Allein der Neuvermählte bietet aller Schicklichkeit Trotz; was liegt ihm daran, was die Leute denken und sprechen? Er will seine Frau fortnehmen und erwartet ungeduldig den Augenblick, wo er sich wieder allein mit ihr unter vier Augen befinden wird. Es ist ihm, als ob sich diese Gelegenheit zu selten böte. Endlich gelingt es ihm, sich seiner Frau zu bemächtigen. Er zieht sie mit sich fort; es ist beinahe eine Entführung!

Er läßt seine Gemahlin in einen Wagen steigen und nimmt hastig neben ihr Platz.

Ja, der Mann ist so ungeduldig, daß er nicht bis zur Ankunft zu Hause warten kann, um das ... *Gespräch* zu beginnen.

Wenn es immer so bliebe, wäre es zum Entzücken! Aber ...

.

III. Bleiben die Frauen ihren Männern auch immer, was sie ihnen während der Flitterwochen waren?

Das ist eine ernste Frage.

Ich will mich nicht bemühen, dieselbe hier zu erörtern, weil ich mich eigentlich nur mit den Ehemännern und nicht mit ihren Hälften zu beschäftigen habe. Aber ganz im Vorbeigehen bemerke ich bloß, daß die Frauen der Freude und des Vergnügens nicht so bald müde sind wie wir Männer, und es deßhalb auch nicht die Schuld der Frau ist, wenn sich die Flitterwochen in Zwitterwochen verwandeln.

Der Herr, der so gern recht lang im Bett blieb, fängt an früher aufzustehen; dann steht er wieder um die Stunde auf, in welcher er vor der Verehelichung aufgestanden war; endlich steht er sogar noch früher auf, als er es während seines Junggesellenstandes gethan.

Jetzt ist es die Frau, welche ihn mit umstrickenden Liebesarmen zurückzuhalten sucht: unser Ehemann aber macht sich los, indem er sagt: »Und mein Bureau? Zum Henker! ich habe keine Lust, meinem Vorstand ungünstige Berichte über mich zugehen zu lassen, und dadurch meinen Platz zu verlieren.«

Oder etwa: »Die Commis drunten thun nichts, wenn ich nicht gegenwärtig bin! ... Meine theure Freundin, wenn man ein Geschäft treibt, hat Morgenstunde Gold im Munde, sonst geht nichts vorwärts! Das Auge des Hausherrn fördert allein.«

Oder allenfalls: »Ich habe diesen Morgen eine Zusammenkunft in aller Frühe; es handelt sich um eine wichtige Angelegenheit; ich möchte meinen Mann nicht verfehlen. Wenn man gute Aufträge erhalten will, darf man nicht faul sein.«

»Aber Du hast nicht gefrühstückt,« sagt zuweilen die Frau mit einem Seufzer; »man könnte Dir das Morgenbrod an's Bett bringen ... dies würde Dich nicht länger aufhalten ...«

»Ei, was da! ... Im Bett frühstücken ... das wäre mir eine schöne Bequemlichkeit zum Essen! ... Man stößt seinen Kaffee um, man läßt seinen Löffel fallen, man verliert das Brod ... ein Frühstück im Bett ist etwas Erbarmungswürdiges! Das kommt mir vor, wie wenn die Leute im Grase zu Mittag essen wollen und sich dann das Schulterblatt verrenken, indem sie sich einschenken. Ein Tisch, meine Theure, ein gut bedienter Tisch ist die Hauptsache zu einem bequemen Essen.«

Die Frau murmelt mit einer halb schmollenden, halb anreizenden Miene:»Ich erinnere mich doch, daß Du sonst recht gerne mit mir im Bett frühstücktest ... damals fandest Du es nicht so unbehaglich.«

Statt aller Antwort ist der Herr schon aus dem Bette gesprungen; er zieht sich in Eile an, frühstückt sehr schnell und geht aus, bevor noch seine Frau ihre Morgentoilette vollendet hat.

Madame findet, daß ihr Ehegemahl nicht mehr so *beredt* ist wie sonst. Sie stellt die nämlichen Betrachtungen an wie Gil Blas mit dem Erzbischof von Granada ... vielleicht auch mit demselben Erfolge.

*

Wenn der Herr den Tag über heimkommt und seine Frau sich ihm nähert, um *kleine Späßchen* mit ihm zu machen, wenn sie Scherze treibt, lacht, um ihn herumflattert wie in den ersten Tagen ihrer Verheirathung, so entgegnet ihr unser Ehemann ziemlich barsch:»Laß mich doch in Ruhe, meine Beste, ich habe keine Zeit zum Spielen! ... Du bist allerliebst; aber wenn Du mir eine große Freude machen willst, so gehe: Du hinderst mich an der Arbeit.«

Und der Herr denkt nicht mehr daran, sein Weibchen um die Hüfte zu fassen; er drückt ihr weder Knie noch Händchen mehr; er bleibt nicht mehr ganze Minuten in Anschauung ihrer Augen versunken.

Beim Mittagessen nimmt er sie nicht mehr auf seinen Schooß. Wenn seine Frau Etwas anbeißt und es ihm dann hinreicht, so stellt er sich, als bemerke er es nicht und fährt fort zu essen, was er auf dem Teller hat, oder sagt sogar achselzuckend:»Höre doch auf mit Deinen Dummheiten ... ich mag diesen Bissen nicht, er ist mir ohnehin zu fett,« oder »er ist mir zu mager.«

Wenn die Frau eine neue Haube oder einen neuen Hut aufsetzt und sich vor ihren Mann mit den Worten aufpflanzt:»Wie findest

Du mich? Steht mir das gut?« so antwortet unser Ehemann: »Sehr gut, sehr gut, Du bist entzückend!«

Aber er hat kein Auge auf seine Frau geworfen.

Diese, welche wohl bemerkte, daß ihr Mann sie nicht einmal angesehen, entfernt sich hocherzürnt über solche Gleichgültigkeit und schwört im Stillen, sich künftig nicht mehr den Kopf darüber zu zerbrechen, wie sie sich nach seinem Geschmacks kleiden wolle.

Führt der Herr die Frau in eine Abendgesellschaft, so setzt er sie in einer Ecke des Salons ab, wo sie sich so gut, als es gehen kann, ergötzen mag.

Was ihn betrifft, so bekümmert er sich darum nicht mehr: er geht in ein anderes Zimmer, um den Liebenswürdigen, den Galanten bei einer andern Frau, sogar bei vielen andern Frauen zu spielen. Nur die seinige darf es nicht sein: wenn er tanzt, so tanzt er gewiß nie mit seiner Frau; das wäre nach der allgemeinen Annahme abgeschmackt.

Hernach setzt er sich an einen Spieltisch; dort vergißt er die Stunde: er unterhält sich und denkt nicht daran, daß seine Frau vielleicht Langeweile hat. Diese indeß tritt an den Spieltisch, nähert sich ihrem Ehemanne und sagt in sanftem Tone zu ihm: »Mein Freund, denken wir nicht bald an die Heimkehr?«

»Doch ... doch ... sogleich ... bald ... geh', tanze noch ein klein wenig ... dann wollen wir aufbrechen.«

»Ich will nicht mehr tanzen, ich bin müde.«

»Wohlan, so ruhe aus.«

Die Frau antwortet nichts mehr, sie geht weg; aber nach einer halben Stunde kehrt sie zu ihrem immer noch spielenden Manne zurück und sagt: »Mein Freund, es ist sehr spät. Wirst Du bald kommen?«

»Ja, ja ... in fünf Minuten ... nur noch fünf Minuten ... und ich stehe Dir zu Diensten.«

Aber die fünf Minuten dauern nochmals eine halbe Stunde; endlich verläßt unser Ehemann den Spieltisch, indem er vor sich hinmurrt: »Wie widerwärtig, nicht thun zu können, was man will ...

ohne Unterlaß Jemand hinter sich her zu haben, der Einen zum Weggehen zwingt, wenn man da bleiben will ... die Weiber haben doch nicht die geringste Gefälligkeit! ... Ach, da ich noch Junggeselle war, that ich, was mir einfiel! Schwachköpfe, die wir sind, daß wir uns Ketten anlegen lassen! In Gottes Namen denn!«

Und der Herr nimmt den Arm der Frau. Er führt sie zu Fuß heim, und wenn sie sagt:»Nehmen wir denn keinen Wagen?« so antwortet er:»Wozu das? Es ist ja nicht weit. Ueberdies ist es der Gesundheit zuträglich, wenn man sich ein wenig Bewegung macht.«

Madame seufzt abermals: sie findet ihren Mann sehr verändert. Er ist weder ein Mirabeau, noch ein Simson mehr! In der That, das Blättchen hat sich schon sehr gewendet.

Aber konnten denn die Thorheiten der Flitterwochen auf Dauer Anspruch machen?

Nein, gewiß nicht.

Aber warum solche Thorheiten überhaupt machen? Warum, ihr Herren, gewöhnet ihr eure Frauen beim Beginne der Haushaltung an eine Lebensweise, deren Fortsetzung euch schwer, ja unmöglich wird?

Warum sie mit Vergnügen übersättigen, um sie sofort auf *halbe Ration* zu setzen?

Warum sie mit Schmeicheleien erdrücken, mit den Augen fast auffressen und gleich darauf die Augen nicht einmal mehr aufthun, um zu sehen, wie ihnen die anprobirte Haube steht?

Warum das Wörterbuch eurer Liebe, in den ersten Tagen erschöpfen und nachher kein Sterbenswörtchen mehr wissen, das artig klingt?

Warum? Weil es in der Natur des Mannes liegt, daß er sich nicht zu mäßigen versteht.

Und meine ganze Redekunst wird hier vergeblich verschwendet sein, sie wird nichts an dem Betragen eines Ehemanns in den ersten Tagen seiner Verheirathung ändern.

IV. Der Ehemann als Kindsmagd

Ihr seid verheirathet und habt Kinder; ganz recht. Die Schrift sagt: »Wachset und mehret euch.«

Genau gesagt: Wenn ihr verheirathet seid, wachset ihr nicht mehr, aber ihr mehret euch.

Indeß gibt es auch einige Haushaltungen, wo man sich nicht mehrt.

In diesem Fall macht der Herr, wenn er Kinder wünscht, seiner Frau ein Verbrechen daraus, daß sie ihm keine schenkt; er gibt ihr in dieser Beziehung spitzige, bösartige, bisweilen sogar niederträchtige Reden.

Die arme Frau! Als ob sie nicht ohnehin schon bekümmert genug wäre, daß sie nicht Mutter wird!

Zudem wer beweist euch denn, daß eure Frau an dieser Unfruchtbarkeit Schuld ist? Warum kann es nicht eben so gut an euch selbst liegen?

Ihr habt ein ärztliches Gutachten eingeholt!

Aber die Aerzte sind keine Götter: sie täuschen sich wie andere Menschenkinder! *Errare humanum est.* (Irrthum ist menschlich).

Gelegentlich bemerkt, glaubet mir und machet eurer Frau, wenn sie nicht Mutter wird, keine so häufigen Vorwürfe darüber: es könnte ihr sonst einfallen, sich versichern zu wollen, ob es euer oder ihr Fehler ist.

Doch wir wollten ja von dem Ehemann reden, der Kinder hat und sie herzinnig liebt, der sich ihnen mit Leib und Seele weiht, der mit Entzücken an ihrer Wiege steht, der ihnen den Brei gibt, der ihnen denselben vorkostet, der Nachts aufsteht, um sie trinken und sonst was zu lassen, und der sie den Tag über auf den Boulevards oder anderswo spazieren führt.

Gehen wir nun auch auf den Boulevards spazieren, und es wird nicht lange anstehen, bis uns ein Ehemann begegnet, der Kindsmagd ist.

Dieser Typus väterlicher Liebe, der allen andern Mannsrechten entsagt hat, um sich einzig seinen Kleinen zu weihen, läßt sich keinen Augenblick verkennen.

*

Betrachtet diesen Herrn, dessen feinbürgerlicher und anständiger Anzug nicht die geringste Eitelkeit verräth; er käme recht sauber daher, wenn seine Kinder nicht die Gewohnheit hätten, ihre Hände an seinem Rock, seinen Beinkleidern, kurz an dem nächsten Besten, was er auf dem Leibe hat, abzuputzen; da aber seinen Kleidern fast immer einige Rudera von Confekt, Butter, Honig und Eingemachtem aller Art ankleben, so begreift ihr, daß es ihm bei solchen Anhängseln schwer wird, sauber und wohlgeputzt auszusehen.

Oft auch trägt dieser Herr da und dort ein Loch in dem Anzug, selten wird ihm das Glück zu Theil, daß er nicht mehrere Knöpfe zu wenig und sein Hut einige Buckel und Beulen zu viel hat. Das Alles stammt von den Schelmereien seiner Aeffchen her, aber es hindert ihn nicht, den ganzen Tag zu singen: »Ach, wie glücklich ist ein Vater!«

Dieser Herr hat zwei Söhne und seine Hälfte trägt einen dritten Ableger unter dem Herzen. Der Aelteste der Beiden ist sechs Jahre, der Zweite bald vier Jahre alt. Von seinem Erwachen, bis er sich niederlegt, steht dieser Herr im Dienste der zwei kleinen Jungen; Madame leidet nicht, daß man Dodolphchen und Polytchen im Geringsten zuwider sei; sie behauptet, um den Charakter der Kinder zu bilden, müsse man ihnen beharrlich den Willen thun. So sei sie auch erzogen worden.

Der Herr ist ein zu guter Vater, um der Frau zu widersprechen, und statt den kleinen Maulaffen Gehorsam beizubringen, steht er unaufhörlich unter dem Befehl der beiden Rangen.

Wenn Dodolph und Polyt spazieren gehen wollen, so schlüpft unser Mann geschwind in seinen Ueberrock, nimmt seinen Hut und fort ist er mit seinen Söhnchen.

Madame schreit ihm die Treppe herab nach: »Schau' Dich fein vor mit den Gefährten; lasse die Kinder nicht zu schnell laufen, lasse sie nicht im Koth waten! ... Wenn sie ihre Kleider zerreißen, so gebe ich Dir die Schuld ...«

Das ist ganz die commandirende Sprache, die man gegen eine Kindsmagd führt; auf all das antwortet aber der Herr mit unterwürfiger Miene: »Sei ruhig, theure Freundin, ich werde sie keinen Augenblick verlassen ... ich werde sorgfältig Acht geben, bekümmere Dich nicht.«

Der Herr nimmt die Richtung nach den Boulevards, an der einen Hand Polyt, an der andern Dodolph haltend.

Der Spaziergang fängt zuerst ziemlich friedlich an; die Kinder sind froh, aus dem Hause zu kommen, und begnügen sich, ihre Augen rund herum laufen zu lassen, indem sie den Vater zwingen, vor jeder Bude zu halten, was dieser mit unvergleichlicher Gefälligkeit thut.

Aber auf dem *Boulevard du Temple* angelangt, will Dodolph rechts gehen, um die Wachsfiguren zu betrachten, Polyt links umwenden, um das Wasserschloß zu besehen.

Als sich unser kindsmägdlicher Ehemann nach entgegengesetzten Seiten hingezerrt fühlt, geräth er in schwere Verlegenheit, zum erstenmal kann er seinen beiden Söhnen nicht gleichzeitig willfährig sein, doch thut er, um sie in Einklang zu bringen, das Möglichste, indem er sagt:»Meine Freunde, wir können nicht auf einmal rechts und links gehen; könnte man das, so wäre es mir gewiß herzlich lieb ... ihr wisset ja wohl, daß ich eure Wünsche stets erfülle.«

»Ich will aber die Wachsfiguren sehen!« ruft der Größte.

»Und ich will zu dem Wasser-Schlo... Schlo... Schloß!« schreit der Kleinere, der jähzornig ist und mit den Füßen stampft wie ein Mann, worüber ihn sein Vater höchlich bewundert.

»Nein ... wir gehen dahin ... nicht wahr, Papa?«

»Nein ... dorthin ... liebes Papapapachen ...«

Und damit ziehen die beiden Rangen den Urheber ihrer Tage auf's Neue hin und her, indem sich Jeder an einen seiner Rockschöße anklammert.

Unserem Mann stehen die Thränen in den Augen, da er aber endlich bemerkt, daß er, wenn er nicht Ordnung stifte, bald in der Weste herumlaufen müßte, so faßt er einen muthigen Entschluß und perorirt mit voller Stimme:»Ha, alle Wetter, ihr Herren, wenn ihr nicht aufhört, so gehe ich weiter und lasse euch alle Beide hier in der Patsche ... Sapperlot! ... und die Polizei wird euch abfassen ... Sapperlot! ... und man wird euch verhaften als Landstreicher ... ei! ei! das wird dann eine schöne Geschichte geben.«

Diese Drohung wirkte: die Kinder schwiegen einen Augenblick.

Entzückt, sich einigen Gehorsam verschafft zu haben, führt unser Mann seine Jungen mit einem gewissen Stolze im Blick weiter, indem er um sich schaut, um die Wirkung zu genießen, welche seine väterliche Autorität auf die Vorübergehenden gemacht hat.

Man geht und stellt sich vor die Wachsfiguren; das befriedigt aber die zwei Knirpse nicht, welche hineingehen und das Schauspiel sehen wollen. Der Papa willigt seufzend ein. Man tritt in's Innere der Baracke.

Zum fünfzehnten Male sieht unser Mann das Wachsfigurenschauspiel und hört die Erklärung der Bilder an.

Nachdem man den großen Kaiser Napoleon und den kleinen General Tom Pouce bewundert, haben die Kinder Durst.

Der Papa führt sie in ein Kaffeehaus und verlangt Bier. Man bringt welches; die beiden Knaben kosten es, verzerren den Mund und speien es aus, indem sie schreien: »O! pfui, wie schlecht! Das ist nicht zuckerig!«

Jetzt verlangt der gute Mann Limonade oder Zuckerwasser für seine Söhne, und obgleich er keinen Durst hat, verschlingt er doch den ganzen Inhalt der Bierflasche, um das bezahlte Getränke nicht stehen zu lassen; die väterliche Zärtlichkeit macht zu Allem fähig.

Aus dem Kaffeehaus heraus wollen die Kinder den Hanswurst sehen. Man hält vor dem Vorhang einer Bretterbude.

Diesmal verlangen die beiden Schelme nicht in das Innere hineinzugehen ... sie haben schon bemerkt, daß das Ergötzlichste an der Thüre vorgeht.

Da sie sich aber hinter Rekruten, Kindsmägden und Pflastertretern aller Art in Jacken, Blousen und sogar Röcken befinden, welche gleichfalls den Purzelmann sehen wollen, so heulen sie: »Papa ... nimm mich ... Papa ... auf den Arm, auf den Arm!«

Unser Ehemann beugt sich, faßt jeden seiner Söhne um die Hüfte, hebt sie zur Höhe seiner Schultern und befindet sich so in der Lage, den Hosenhintertheil seiner Rangen, welche noch an keine Zurückhaltung in Gesellschaft gewöhnt sind, just vor der Nase zu haben. Nicht Alles riecht nach Rosen in den Verhältnissen der Väterlichkeit!

Und dieser gute Mann, der nichts mehr sieht, als die beiden hintern Hosenschlitze seiner Söhne, muß ihnen noch das Schauspiel erklären und ihre unaufhörlichen Fragen beantworten:»Papa, wer ist denn der schnöde Bursch da, welcher den Kopf schüttelt und das Hanswurstchen prügeln will?« – Lieber Sohn, das ist der Commissär. – »Ei! sieh' doch, der Commissär hat zwei große Hörner auf dem Kopf ... und einen rothen Schwanz ...« – Wenn er einen Fuchsschwanz hat, so ist es nicht der Commissär ... sondern der Teufel, meine lieben Kinder. – »Papa, warum will denn der Teufel das Hanswurstchen schlagen?« – Mein Freund, wahrscheinlich, weil Hanswurst nicht artig gewesen ist, weil er seine Suppe nicht hat essen und die Fabel von dem Fuchs und dem Raben nicht hat auswendig lernen wollen. – »Papa, ist denn der Teufel ein Schulmeister, weil er den Hanswurst Fabeln lehrt?«

Der von der Tiefe dieser Reflexion überraschte Vater wirft seine Blicke auf die Personen rings um ihn, um in ihren Gesichtern einen Ausdruck von Bewunderung zu lesen, welche derjenigen entspreche, die er selbst in diesem Augenblick für seinen sechsjährigen Sohn Dodolph hegt. Als er sieht, daß Niemand auf ihn Acht gibt, so entschließt sich unser Mann zu antworten, aber sehr laut, um damit die Aufmerksamkeit des Publikums zu fesseln:»Mein lieber Dodolph, der Teufel ist kein Schulmeister; gewiß, es wäre Unrecht, ihm ein solches Amt anzuvertrauen ... ein solches Amt ... und zwar um so weniger ... als ein solches Amt ...«

Hier beginnt der Papa, der keine Worte mehr zu finden weiß, zu husten, als hätte er eine Gräte verschluckt, und antwortet dann:»Aber zu allen Zeiten hat sich der Teufel darein gelegt ... hat *intervenirt*, um die kleinen Tagdiebe, die unartigen Jungen zu züchtigen ... das wollte ich euch so eben sinnbildlich zu verstehen geben ... hum! hum!« – Papa, wer ist denn dieser Mann in schwarzer Kutte mit Mehl in den Haaren, der kommt, wenn der Teufel geht, und sich mit dem Hanswurst herumstreitet? – »O! diesmal, mein Sohn, ist es der Commissär.« – Was ist denn ein Commissär, Papa? – »Mein Sohn, das ist ein Mann, der Frieden und Ordnung wieder herzustellen hat.« – Warum streitet und prügelt er sich aber selbst mit dem Hanswurst herum?« Neues Zeichen der Bewunderung von Seiten des Papa's, der zu ahnen beginnt, daß er einen jungen Voltaire auf seiner Schulter trägt, und endlich antwortet: »Mein Sohn, wahrscheinlich wird Hanswurst sich geweigert haben, seine Steuer zu zahlen, oder hat er vielleicht Blumentöpfe vor das Fenster gestellt, den Polizeiverordnungen zum Trotze.« – Ach! ach! da liegt der Hanswurst erschlagen vor dem Commissär! – »Das, mein Sohn, ist ein Beweis der göttlichen Gerechtigkeit, welche fordert, daß schlechte Subjekte früher oder später die Strafe ihrer Unarten erleiden.« – Aber nein ... Hanswurst steht wieder auf ... und schlägt den Commissär todt! – »Vielleicht, daß dieser Commissär zweierlei Maß und Gewicht führte und die Vorsehung ihn mittelst des Hanswursts strafen wollte.« – Papa! Papa! Der Commissär ist nicht todt, er nimmt den Stock wieder, er bringt den Hanswurst um! – »Dann, mein Sohn, ist Hanswurst ohne allen Zweifel ein schlechtes Subjekt: er wird sich gegen irgend einen Stadtsoldaten vergangen haben.« – Papa! Papa! Hanswurst ist nicht todt ... da schau'! er nimmt den Stock wieder und schlägt den Commissär todt! ... O! wie er darauf los paukt!«

Dem Papa fängt an, die Auffindung der Moral, in den vom Hanswurst aufgeführten Scenen ziemlich schwer zu werden; doch in diesem Augenblick befällt ihn ein Nießen, das ihn aus einer Verlegenheit zieht, um ihn sofort in eine andere zu werfen; denn wenn man genießt hat, so fühlt man bekanntlich das Bedürfniß, sich zu schnäuzen, was bei Personen, die Tabak schnupfen, ohnehin unvermeidlich ist.

Unser Mann, nachdem er genießt, gäbe Alles in der Welt darum, wenn er sein Schnupftuch aus der Tasche nehmen könnte. Aber wie kann man in seiner Tasche suchen, wenn man auf jedem Arm einen kleinen Jungen hat?

Der Papa von Adolph und Hippolyt faßte nach einiger Ueberlegung den Entschluß, sich nicht zu schnäuzen, was übrigens in seiner Lage auch der einzig mögliche war.

*

Bald erhebt sich ein Streit auf den Schultern unseres Ehemannes: die Herren Dodolph und Polyt reißen einander einen Zuckerstengel aus den Händen; Schreien und Schlagen begleiten das Wortgefecht.

Umsonst ruft der Papa: »Nun, ihr Herren, seid ihr bald fertig da oben? Halte ich euch empor, damit ihr euch prügeln sollt?«

»Papa, er hat mir mein Bonbon genommen!« – Er ist ein Leckermaul. – »Er verschlingt Alles!« – Höre ihn nicht an, Papa; ich habe die Stange entzwei gebrochen und ihm die Hälfte davon gegeben. – »Papa, er hat die längere für sich behalten!« – Das ist erlogen ... er sagt das nur, weil er schon mit der Hälfte der seinigen fertig ist.«

Um den Streit zu beendigen, hat unser Mann den gescheidten Einfall, seine beiden Söhne auf den Boden zu stellen.

Jetzt schreien diese noch stärker und wollen den Hanswurst auf's Neue sehen, der sich so eben mit einer Katze balgt, welche an die Stelle des Teufels und des Commissärs getreten ist.

Aber der ermüdete Papa fühlt sich nicht mehr stark genug, seine beiden Söhne empor zu halten. Er führt sie hinweg, und um sie zu beschwichtigen, kauft er ihnen Zuckerbrod, dann Rahmkuchen, dann Obst, dann Chokolatetäfelchen und gibt ihnen Kokossaft zu trinken.

Herr Dodolph, der ältere, bleibt nicht immer ruhig bei seinem Vater. Jeden Augenblick läßt er dessen Hand los, um irgend ein Bild oder Unterhaltungsspiel zu betrachten.

Bisweilen will der kleine Polyt auch weglaufen und gleich seinem Bruder allein gehen.

Alsdann schwebt der unglückliche Vater in tiefster Verlegenheit; genöthigt, zu gleicher Zeit seinen beiden Söhnen nachzuspringen, welche doch nicht den gleichen Weg eingeschlagen haben, stößt und rennt er an die Vorübergehenden, muß Grobheiten von dem Einen, Rippenstöße von dem Andern einnehmen, aber das Alles bemerkt er kaum, immer noch glücklich, wenn er schweißtriefend seine beiden Flüchtlinge wieder einholen und mit sich weiter führen kann!

Bald bemerkt er, daß sein älterer Sohn eine aufgeschürfte Nase und beinahe ein schwarzes Auge hat, obwohl dasselbe gewöhnlich *blau* ist; daß Herr Polyt, der jüngere, ein Stück von seiner Weste verloren und ein Loch in dem Knie seiner Hose hat. »Was soll das heißen?« schilt der Papa; »nur einen Augenblick verlor ich euch aus dem Gesichte, und gleich erscheint ihr vor mir mit Löchern und Beulen!« – Papa, der große Junge dort, welcher mit Steinkugeln spielte, hat mir eine *Ohrfeige auf das Auge* gegeben, weil er sagte, ich sei in sein Spiel hineingelaufen und habe ihm den Gewinn verderbt. – »Papa, jenes alte Weib hatte einen Hund: ich wollte ihn streicheln, da ist er auf mich zugesprungen und hat mir ein Stück von meiner Weste mitgenommen, und ich bin im Fliehen auf meine Knie gefallen. – »Ei, ei, das sind saubere Dinge! Daheim wird man uns schön empfangen. Was wird die Mutter zu mir sagen! ... Teufelskinder ihr, die ich niemals in gutem Stande wieder nach Hause bringen kann!« – Papa trage uns! – »Papa, trage mich!«

»Ei, alle Wetter! nein doch: ihr müßt laufen, meine Jungen, ich habe euch lange genug bei dem Hanswurst auf den Armen gehabt. Das wäre schon der Mühe werth, daß man euch spazieren trüge, wie die jungen Hunde.« – Papa, ist es noch sehr weit heim? – »Nein, dreihundert Meter ungefähr.« – Was ist Meter, Papa? – »Meiner Treu'! ... das bedeutet ... sehet, liebe Kinder, es ist ein griechisches Wort, und wenn ihr einmal griechisch könnt, so werdet ihr das eben so gut verstehen wie ich und die Mutter.« – Ich bin müde ... au weh! – »Meine Füße schmerzen mich!«

»Vorwärts, Polyt, vorwärts, Dodolph, zeiget, daß ihr kleine Männer seid, lasset euch nicht schleppen wie Kinder.« – Ja nun, so sing' uns ein Lied. – »Ach ja, Papa! ... *Marlbrough* ... Du hast versprochen, es uns zu lehren.«

»Je nun! ich thus es ja ... ich werde euch jetzt die Romanze von Marlbrough singen; aber ihr müsset in den Refrain einstimmen. Aufgepaßt, ihr singet sie hernach vor eurer Mama ... das wird sie freuen!« – Ja, Papa! – »Ja, ja, Väterchen!«

Der Papa intonirt mit ernster Stimme, indem er im Takt der Melodie zu laufen versucht und die in dieser Todtenklage gebräuchliche Aussprachsweise annimmt:

»Marlbrough zieht aus zu kriegen ...
Mironton, tonton, mirontaine ...«

»Vorwärts, ihr Herren!«

Herr Dodolph brüllt, was er gehört, ohrzerreißend nach.

Der kleine Polyt begnügt sich zwischen den Zähnen zu murmeln:

»Tonton ... tonton ... tontaine ... tonton!«

Der Papa fährt monoton zu brummen fort:

>»Weiß nicht, wann er wieder kommt! ...
Weiß nicht, wann er wieder kommt!«

»Voran doch, ihr Herren.«

»O weh, ich habe Knurren im Bauch!«

»Und ich habe noch Durst!«

»Nein, ihr habt keinen Durst mehr ... ihr habt genug zu euch genommen! ... Fortgefahren, taktfest!«

>»Weiß nicht, wann er wieder kommt!«

»Weiß nicht, wann ... o! Papa, Mandeltorte, Mandeltorte!«

»Schweige, Leckermaul ... vorwärts, Herr Polyt!«

Der kleine Polyt verzieht das Gesicht, hält sich den Bauch und murmelt bloß: »Mironton, mirontaine ... tonton ... es zwickt mich im Bauch ... miron mirontaine ... tonton!«

Bald weigern sich die Kinder, weiter zu gehen.

Unser Ehemann ist einen Augenblick in Verzweiflung; endlich faßt er beide Söhne mit convulsivischer Nervenanstrengung, setzt sie auf seine Arme und schleppt sie weiter mit dem Ausruf: »Ha, Sapperlot! welcher Spaziergang! ... O! über euch Taugenichtse!« – Papa,« murrt Dodolph, »Du singst nicht mehr. Singe uns doch Marlbrough!« – »Laßt mich in Ruhe, ihr abscheulichen Rangen!« – Ei! Papa, Du hast nicht gesagt: Mironton, mirontaine! ... Böser häßlicher Papa! ... Ich weine, wenn Du nicht gleich singst! – »Ha! der

Spitzbube! Nun, so schweige doch ... heule nicht ... Du ziehst mir ja den Hals zu ... nun in Gottes Namen!« und er keucht mit halberstickter Stimme heraus:

»Er kommt an Ostern wieder ...
Mironton, tonton, mirontaine! ...
Er kommt an Ostern wieder.
Vielleicht an Trinitat.«

Endlich gewinnt dieser Herr den Eingang seines Hauses und dort empfängt ihn sein Hausdrache mit den Worten: »Da thäte ich besser, ein Kindsmädchen zu halten, wenn Du mir die Kinder so zugerichtet heimbringst.«

Daß man seine Kinder liebt, ist ganz natürlich, daß man mit ihnen spazieren geht, verschlägt nichts; aber wenn ein Ehemann just das Geschäft einer Kindsmagd übernimmt, so macht er sich sogar in den Augen seiner Frau lächerlich, und das ist sehr gefährlich.

Denn die meisten Frauen lieben ihren Mann nur so lange, als sie seine Ueberlegenheit anerkennen, und in der Lächerlichkeit geht jede Ueberlegenheit unter.

V. Der Ehemann, wie er seine Frau spazieren führt

Es ist drei Uhr; man hätte um ein Uhr ausgehen sollen, aber der Herr wußte nicht, ob er sich rasiren, ob er einen Frack oder einen Ueberrock anziehen, ob er eine Shawl- oder eine gerade geschnittene Weste anlegen sollte: diese Unschlüssigkeit verzögerte das Vorhaben zwei Stunden über die Gebühr.

Jetzt ist der Herr fertig; er steigt zuerst die Treppe hinab, sich zierend und beäugelnd, mit großer Zufriedenheit über seine Toilette.

Da Madame nicht zugleich mit dem Herrn in der Hausflur unten ist, so wendet er sich um, geberdet sich ungeduldig, hebt den Kopf und schreit auf der Treppe: »Nun, wird's heute noch?«

– Gleich, gleich, mein Freund! Ich suche nur noch meine Handschuhe. – »Ah! schön, diesmal sind's die Handschuhe ... ein andermal das Taschentuch ... ich würde sehr erstaunt sein, wenn man einmal beim Ausgehen nicht auch den Kopf vergäße.«

Die Frau langt endlich an; sie nimmt den Arm ihres Mannes, während sie die Handschuhe anzieht. Der Herr sagt halblaut: »Sonderbar, wenn Jemand seine Handschuhe auf der Straße anzieht.« – Mein Gott! Du drängst mich ja so sehr! – »Wie! ich dränge Dich? Du wolltest ja schon vor zwei Stunden ausgehen und murrtest, daß ich nicht angezogen war. Und jetzt soll ich Dich drängen! Wohin gehen wir?« – Mir einerlei. – »Und mir auch.« – Ich folge Dir, wohin Du willst. – »Man sollte doch geschwind einen Entschluß fassen und nicht wie zwei Blödsinnige in der Straße stehen bleiben ... für mich gibt es nichts Unausstehlicheres als eine Frau, die immer nur antwortet: Mir einerlei.« – Nun gut, mein Freund, gehen wir in die Tuilerien!«

*

Man setzt sich in Bewegung. Der Herr betrachtet die vorübergehenden Damen oder denkt an seine Geschäfte. Man wechselt kein Wort.

Zuweilen, wenn man an einem Modemagazin vorüberging, rief die Frau laut: »Ei! der schöne Shawl! ... Ach! der schöne neue Kleiderschnitt! ... O! welch' gottvoller Hut!«

Der Herr aber hat nichts gehört, oder sich wenigstens so gestellt, oder statt aller Antwort seiner Frau mit einem dumpfen Murmeln geantwortet: »Hm ... um ... hm! ... so ... so ... j–a! ja! ...« aber nicht entfernt daran gedacht, vor dem Magazin stehen zu bleiben. Man gelangt in die Tuilerien, läuft hin und her, der Länge und Breite nach, und wechselt kein Wort dabei, nur daß der Herr von Zeit zu Zeit gähnt oder schnauft, als ob er am Ersticken wäre. Mitten in einer einsamen Allee ruft der Herr plötzlich aus: »Hol mich der und jener! ... Das ist mir ein ergötzlicher Spaziergang hier!« – Aber mußte man denn nicht irgendwo hingehen? – »Aber warum gerade in die Tuilerien.« – Du wolltest ja nicht sagen, wohin es Dir beliebte ... – »Ich weiß schon: Du wähltest diesen Platz, weil Du weißt, daß es für mich keinen langweiligeren Spaziergang gibt.« – O! mit *mir* langweilt Dich jeder Spaziergang ... darum wäre es einerlei gewesen, ob ich diesen oder einen andern Ort gewählt hätte. – »Aha, schön! ... da haben wir die Vorwürfe ... schon gut! ... Aber in der That, findest Du denn hier irgend eine Ergötzlichkeit, wenn man sich mitten unter aller Welt ergeht ... unter diesen Kindern, die Einem Bälle oder Reife zwischen die Beine werfen, außerdem, daß man Staub schlucken muß! ... Und das kann Dich amüsiren?« – Wenn Du Dich mit mir unterhieltest, so würde ich mich nicht langweilen ... aber Du weißt mir nie etwas zu sagen. – »Liebe Freundin, wenn man stets beisammen ist, so kann man sich nicht immer Etwas zu sagen haben.« – In Gesellschaft einer andern Frau würdest Du den liebenswürdigen, den Artigen spielen! – »Sie würde mir auch keine bitteren, bissigen Sachen sagen, würde nie stets Etwas an mir auszusetzen haben!« – Das heißen die Herren bissig sein, wenn man ihnen vorwirft, daß sie sich zu langweilen scheinen! – »Nun, bist Du zu Ende?« – Glaubst Du vielleicht mir Stillschweigen auferlegen zu können? – »So schreie doch noch etwas lauter, damit die Vorübergehenden stehen bleiben und uns betrachten ... das fehlte noch!« – Wenn mir zu schreien einfällt, was geht das andere Leute an? Ueberdies beschäftigt sich Niemand mit uns. Du glaubst immer, die ganze Welt sehe auf Dich! – »Wenn Du so fortmachst, so lasse ich Dich stehen!« – »Thue das ... es ist mir gleichgültig!«

Der Herr hält einen Augenblick still; aber besinnt sich und läßt den Arm der Frau nicht fahren.

Und der Spaziergang läuft zu Ende, ohne daß man noch ein Sterbenswörtchen mit einander gesprochen hätte.

VI. Der Ehemann, welcher seiner Frau kleine Aufmerksamkeiten erweist

Ihr erkennt ihn auf der Stelle; auf dem Spaziergang reicht er dem Kinde, wenn er eines hat, die Hand; er richtet seinen Schritt nach dem seiner Frau; er schwenkt und bewegt sich beinahe wie sie; er hält ihr den Sonnenschirm oder den Sack, wenn sie einen bei sich hat. Keine zwei Minuten kann er warten, ohne sie besorgt und beinahe liebevoll anzusehen und ihr zuzuflüstern: »Wenn Du ermüdet bist, meine Theure! ... Wenn Du heimkehren willst, mein Engel! ... Willst Du einen Wagen nehmen, Bichette? ... Wenn wir einen Querweg einschlügen, Herzchen? ... ich fürchte, die Sonne scheint Dir in die Augen, meine Holde.«

»Nimm Dich in Acht, süße Freundin, tritt nicht in den Kothhaufen.« »Wir wollen langsamer gehen, meine Einzige, wenn es Dir beliebt.«

Und allerlei dergleichen kleine Redensarten, worauf gewöhnlich statt der Antwort ein Zeichen der Ungeduld nebst einem leichten Achselzucken folgt.

Wenn dieser Herr seine Frau in das Theater führt, so läßt er sie fünf bis sechs Plätze probiren, ehe sie Posto fassen darf.

»Meine Gute, hier wärest Du schlimm daran, es sind große Hüte vor Dir; komm', dorthin, Du wirst mehr sehen.«

»Hier ist die Bank so hart. Gehen wir auf die andere Seite.«

»Da sollst Du nicht bleiben, es kommt ein Zug von hinten, Du würdest Dich erkälten; das ist sehr gefährlich. Wir wollen uns anderswo umsehen.«

»Ach! in unserer Nähe befindet sich eine Dame, welche Moschus ... allerlei Gerüche an sich hat: das würde Dir die Nerven angreifen; in solcher Nähe kannst Du nicht verweilen.«

Die arme, von den Wanderungen im Saal umher ermattete Frau klammert sich endlich an einen Platz an und rührt sich nicht mehr, indem sie sagt: »Ich habe jetzt genug; hier bleibe ich, ich bin es müde, auf allen Plätzen herum zu rennen.« – Es geschieht ja nur, um es

Dir behaglich zu machen. Willst Du ein Schemelchen? – »Nein.« – Schließerin, bringen Sie für Madame einen Fußschemel. Willst Du ein Sitzkissen? – »Aber wozu das? Bin ich denn ein Kind?« – Schließerin, besorgen Sie doch ein Sitzkissen für meine Frau; soll ich das Bogenfenster schließen? – »Nach Belieben.« – Hast Du zu heiß? – »Nein.« – »Ich mache es gleich zu.«

Das Stück hat begonnen. Madame würde recht gerne auf die Schauspieler hören, aber mitten in einer interessanten Scene sagt ihr Mann zu ihr: »Du bist blaß, Du wirst doch nicht krank sein?« – Ich? ... Nicht im Mindesten! – »Thut es Dir irgendwo weh?« – Ach! mein Gott, nein; es thut mir nirgends weh! Welcher Gedanke, mich krank finden zu wollen! – »Ich will es nicht, Liebchen, ganz im Gegentheil; aber wenn Du irgend einen Schmerz hättest, so wäre es besser, Du sagtest es mir frei heraus, und wir gingen nach Hause ... Du könntest dann daheim ein kleines Vorbeugungsmittel nehmen ... Jedenfalls wäre es sehr unrecht von Dir, wenn Du Dich aus Rücksicht für mich zum Dableiben zwängest.« – Was ich allein wünschte, was mir großes Vergnügen machte, das wäre, wenn Du mich auf das Stück aufmerken ließest. – »Ich will doch nicht hoffen, daß ich Dich daran hindere! Doch immerhin schmerzt es mich, Dich so blaß zu sehen.«

Wenn dieser Herr in Gesellschaft mit seiner Frau auswärts speist, so verliert er sie nicht aus den Augen, und säße er am entgegengesetzten Ende der Tafel, dennoch ermangelt er nicht, ihr zuzurufen: »Meine Theure, iß nicht von dem und dem ... das taugt Dir nicht! Du weißt, daß Dir die Sardellen schlecht bekommen ... nimm Dich vor den Hummern in Acht, sie sind zu schwer für Dich ... wenn Du Salmen issest, so thust Du Unrecht.« – Ach! mein Herr! ich bitte Sie, schenken Sie meiner Frau keinen Madera ein, das bekäme ihr übel, ich kenne ihren Magen ganz genau ... Meine Theure, wenn Du welchen trinkst, so machst Du mir Sorgen. Reines Wasser ist für Frauen das Zuträglichste.

Und im höchsten Grad ärgerlich über die schlecht angebrachte Sorgfalt des Ehemannes für ihre Gesundheit, schneidet Madame ein auffallend schiefes Gesicht und ißt gar nichts mehr, weil der Aerger ihr den Appetit verderbt hat.

Inzwischen ißt aber der Herr Gemahl für Vier und trinkt für noch Mehrere ... aber *als Mann* natürlich kein Wasser.

Geht man auf den Ball, so ist das wieder eine andere Geschichte.

Zuerst inspicirt der Herr den Anzug der Frau.

»Dieses Kleid ist zu stark ausgeschnitten, Du würdest frieren ... dieses ist zu eng, es genirt Dich, es muß Dich geniren.« – Aber ich versichere Dich, mein Freund, daß mich mein Kleid durchaus nicht beengt. – »O! die Frauen wollen das niemals gestehen; sie thun sich sehr viel Schaden, indem sie sich zu stark einzwängen, und dann kommen die Krankheiten und nicht selten der Tod. Wie oft hört man nicht sagen: Wißt ihr auch, daß Fräulein N. N. auf dem Balle vom Schlage gerührt wurde oder Madame X. Y. an der Schwindsucht gestorben ist? Sonderbar! Fräulein N. N. war doch schlank und Madame X. Y. so voll, so wohl gebaut, so frisch ... wer hätte ahnen können, daß Fräulein N. N. eine apoplektische Anlage habe oder Madame X. Y. an der Lunge litte? Aber man vergißt dabei, daß diese Damen, um eine Wespentaille zu zeigen, sich den Magen zusammenschnürten und die Thätigkeit der Lunge unterdrückten.« – Lieber Freund, Du siehst ja doch, daß man in meinen Gürtel bequem einen Finger stecken kann ... das beweist Dir, daß ich nicht genirt bin. – »O! Du kommst gleich *mit dem Finger hineinstecken!* ... Wenn man Dich hört, kann man ihn immer hineinstecken. Aber das ist nur möglich, weil Du den Athem hältst. Meine Theure, es wäre recht brav von Dir, wenn Du ein anderes Kleid anlegtest ... ich würde mich den ganzen Abend unglücklich fühlen, wenn ich Dich in diesem Kleide auf dem Balle sähe.«

Um ein Ende zu machen, willigt die Frau ein, ein anderes, ihr weniger gefallendes Kleid anzuziehen, und schon diese Widerwärtigkeit wird ihr einen Theil des Ballvergnügens, das sie sich versprach, rauben, denn die ganze Nacht muß sie an das Kleid denken, das ihr so gut stand und das der Mann ihr ausredete.

Befindet man sich auf dem Ball, so verliert unser Ehemann, statt seine Gattin dem Vergnügen des Tanzes frei zu überlassen, und seinerseits die bestmöglichste Unterhaltung zu suchen, das arme Weib niemals aus den Augen; man glaube nicht, daß dies aus Eifersucht geschehe ... nein, der kleinlich besorgte Ehemann ist nicht eifersüchtig; er schwört darauf, daß seine Frau ihn anbete, weil sie überzeugt sein müsse, nicht noch Einen finden zu können, der so zuvorkommend und aufmerksam wie er sei.

Aber hier wie überall übt er seine rührende Sorgfältelei.

Er ergeht sich die Kreuz und die Quere in dem Saal, wo seine Frau sitzt. Kaum hat sie einen Contretanz gemacht, so läuft er gleich herbei:»Bist Du sehr erhitzt, Liebchen?« – Nicht doch ... kaum ein wenig. – »Wenn ... ach, wenn Du sehr erhitzt bist ... wirst Du doch nicht auch die andere Quadrille tanzen?« – Gewiß, denn ich habe zugesagt. – »Das thut mir sehr leid ... Du hättest ein wenig ausruhen sollen.«

Kaum ist nach dem folgenden Contretanz Madame von ihrem Tänzer an ihren Platz zurückgeführt worden, so bekommt sie wieder das Gesicht ihres Ehemannes zu sehen, der sich neben ihr aufpflanzt, gleich jenen Schatten, welche man, vermöge einer phantasmagorischen Zauberei, plötzlich vor sich aufsteigen sieht.

»Du bist feuerroth, meine Gute!« sagt unser kleinlich sorgfältiger Ehemann mit der unruhigen Miene einer Mutter, welche ihrem Kinde den Puls befühlt und ein Fieber findet.

Madame, welcher die Bemerkung mindestens überflüssig scheint, zwingt sich zu einem Lächeln und antwortet:»Was ist denn Erstaunliches daran, wenn man nach dem Tanze roth aussieht?« – Roth, mag sein ... aber so krebsroth habe ich Dich noch nie gesehen.«

Madame wendet sich zu einer jungen Frau, die neben ihr sitzt, und fragt sie ganz leise:»Sollte ich wirklich eine außerordentliche Farbe haben? Sehe ich denn wie ein Krebs aus?« – Nicht doch, Ihre Farbe ist ganz normal; Ihr Mann weiß nicht, was er sagt.«

Bald darauf bringt ein junger Mann, der einiges Gefrorenes sich zu verschaffen gewußt, der Gattin des kleinlich besorgten Ehemannes diese Erfrischung.

Sie nimmt das Dargebotene und schickt sich eben an, davon zu essen, als der Ehemann es ihr aus den Händen reißt mit den Worten:»Wo denkst Du hin, meine Theure? Du wirst doch das nicht zu Dir nehmen?« – Aber warum denn nicht? Es ist Gefrorenes! – »Das sehe ich wohl, und gerade deßhalb will ich nicht, daß Du das Mindeste davon verschluckst ... Du bist zu sehr erhitzt, es würde Dir schaden.« – Aber alle diese Damen tanzten eben erst wie ich und essen dennoch Gefrorenes. – »Diese Damen mögen thun, was sie wollen, ich bin nicht ihr Hofmeister! Aber bei Dir ist es etwas Anderes ... ich kenne Dein Temperament ... Gefrorenes essen! O, nicht doch! ... Das wäre eine unverzeihliche Unvorsichtigkeit! ... Begehrst Du Punsch?« – Du weißt wohl, daß ich niemals Punsch trinke, daß ich ihn nicht ausstehen kann, während ich dagegen eine große Freundin von Gefrorenem bin. – »Es taugt Dir aber nicht.«

Und der Herr beginnt das für seine Frau bestimmte Gefrorene zu verschlingen; er geht vor ihr auf und ab, indem er davon kostet, wobei er sogar mit Rücksichtslosigkeit ausruft: »Es ist ausgezeichnet, ganz vortrefflich zubereitet!«

Ein wenig später präludirt das Orchester einen köstlichen Walzer von Strauß.

Madame liebt den Walzer außerordentlich und tanzt ihn mit eben so viel Anmuth als Takt. Sie hat den Arm eines jungen Mannes angenommen, der für einen sehr guten Walzertänzer gilt.

Beide schwingen sich in den Reihen. Sie haben schon einmal die Runde in dem Saal gemacht und beifällige Blicke der Zuschauer gewonnen, als unser Ehemann, der seine Frau im besten Drehen erblickt, ihr auf die Gefahr hin nachspringt, von allen Walzenden Rippenstöße zu erhalten, sie am Arme packt, ihren Tänzer und sie zum Einhalten zwingt und ihr mit der liebenswürdigsten Miene zuraunt: »Was treiben wir denn da? Ist's gedenkbar? ... Du walzest? ... Ach, mein Gott! Zum Glück bin ich hier, um Dich an tollen Streichen zu hindern!« – Aber, mein Herr, Sie wissen ja, daß ich den Walzer sehr liebe ... daß er mir gar keinen Schwindel verursacht ... – »Mag sein, daß Dir dabei nicht schwindelt; aber mir schwindelt bei dem Gedanken, daß er Dir außerordentlich schaden kann ... Du morgen vielleicht das Bett hüten mußt. Ich habe mich mit mehreren Aerzten berathen: diese haben mich versichert, daß das Walzen für Frauenzimmer mit reizbaren Nerven durchaus nicht zuträglich sei, und Du bist wesentlich nervös, meine Theure.«

»Nur einige Touren, mein Herr, dann hören wir auf,« bat der junge Tänzer den Ehemann.

»Ja, bloß einige Touren, lieber Freund!« fügte die Frau mit flehender Miene bei.

»Nicht eine!« erwiderte der unerbittliche Gemahl: er faßt seine Frau am Arm, führt sie auf ihren Platz zurück und wirft ihr wider ihren Willen einen Pelz, einen Mantel, einen Burnus, kurz Alles, was ihm in die Hände kommt, über den Nacken.

Madame bebt vor Zorn, wagt aber nicht, etwas zu sagen. Man streitet sich nicht vor den Leuten herum, und zudem steht ihr Mann in dem Rufe eines so artigen, für seine Frau so rücksichtsvollen Gatten, daß man sie für überschwänglich glücklich hält. Sie verbeißt ihren Aerger.

Die Stunde des Abendessens naht; sie weiß von der Gebieterin des Hauses, daß die Damen allein zu Tisch sitzen werden: so wird sie wenigstens essen können, was ihr beliebt, ohne die Bemerkungen ihres Ehemannes fürchten zu müssen.

Das Abendessen, hofft sie, soll ihr eine Entschädigung für die sonstigen Widerwärtigkeiten bieten, und sie liebt ohnehin die Abendessen. Es gibt Damen, welche diese Art von Beschäftigung nie ausschlagen.

Ich meinerseits sehe nichts Arges darin; im Gegentheil, ich achte die Damen, welche Appetit haben, unendlich.

Aber eine Viertelstunde vor dem Abendessen kommt unser Ehemann mit dem Pelz seiner Frau im Arm und wirft ihr denselben über die Schultern, sagend: »Herzchen, drunten wartet unser Wagen.« – Wie! Du willst schon weggehen? – »Schon! ich denke, es ist spät genug.« – Aber man wird jetzt gleich zu Nacht speisen. – »Just deßwegen: Du könntest Dich zu Etwas verleiten lassen ... und das Essen am späten Abend taugt nach einstimmigem Urtheil aller Aerzte nichts ... zumal bei Dir, Du zart Organisirte ... Du weißt ja wohl, daß Du nie zu Nacht speisest, und ich auch nicht.« – Aber, mein Freund, wenn man sehr lange aufgeblieben ist, so ist das etwas Anderes, als wenn man um elf Uhr zu Bett geht. – »O! das ist einerlei ... Du sollst nicht zu Nacht essen; wie würde es um Deine schwächliche Gesundheit stehen! Komm, meine Holde, der Wagen wartet auf uns.«

Der Herr schleppt die Frau weg, welcher die Thränen in den Augen stehen und welche im Heimfahren einen stillen Eid schwört, daß sie künftighin Promenaden, Theater, Bälle und gesellschaftliche Abendessen meiden werde.

Glaubet ihr wohl, daß eine Frau mit einem kleinlich besorgten Ehemann glücklich sei?

Doch zum guten Glück ist diese Gattung selten.

VII. Der Ehemann, der seiner Frau vor aller Welt Liebkosungen macht

Der Ehemann, welcher die kleinen Aufmerksamkeiten für seine Hälfte bis zum Unleidlichen treibt, wovon wir eben ein Beispiel gesehen haben, ist ein vollkommen unerträgliches Wesen und im Stande, die nervenstärkste Frau zu Convulsionen zu bringen.

Wenn ihr indessen glaubt, ein Uebermaß von Liebe vermöge diesen Herrn zu solchem Betragen gegen seine Frau, so schwebt ihr in einem großen Irrthum.

Dieser Herr hat keinen andern Zweck, als daß man ihn für das Muster aller Ehemänner, für den zärtlichsten Gemahl, der sich nur mit seiner Frau zu schaffen macht, kurz für einen Phönix ausgebe.

Liebte er seine Frau wirklich, so liefe er ihr nicht immer auf dem Fuße nach, wie die Polizei einem Landstreicher.

Ich rechne solche Ehemänner unter die Klasse der Heuchler.

Jetzt gehen wir zu derjenigen über, welche vor aller Welt ihre Frauen abschlecken und beinahe auffressen, welche nicht neben ihrer Hälfte sein können, ohne sie um die Hüfte zu fassen und zärtlich zu umschlingen.

Darunter gibt es welche, die sich bis zum Küssen versteigen; sie drücken ihre Lippen auf den Hals, die Brust, die Wangen der Frau; zuweilen schnäbeln sie sogar mit ihrem Mund.

Dabei gibt es Entzückungen, inbrünstige Gesichter, als ob sie ihre Frau zum erstenmal umarmten.

Aber habt ihr auch die Gesichter gesehen, welche ein Dritter oder mehrere anwesende Personen dabei machen? Man ist immer versucht, zu einem solchen Ehemann zu sagen: »Um Verzeihung! ich störe Sie; ich gehe schon.«

Ginge man aber und ließe ihn allein mit seiner Frau, so würde es diesen Herrn, der eine Miene machte, als wolle er seine süße Frau unter lauter Liebkosungen aufzehren, sehr incommodiren; denn trotzdem er durch eine solche Aufführung vor den Leuten die Schicklichkeit, die Wohlanständigkeit und die einfachste Rücksicht auf Andere verletzt, so lehrt die Erfahrung noch weiter, daß der vor Zeugen so zärtlich gegen seine Frau thuende Ehemann in der Regel innerhalb seiner vier Wände ein sehr mürrisches und zuweilen rohes Betragen annimmt.

Das ist ein Wechsel wie der mit den Dekorationen im Theater.

VIII. Häusliches Benehmen eines Mannes, der seine Frau vor aller Welt liebkost

»Warum ist das Frühstück nicht fertig?«

Erste Frage dieses Herrn nach dem Aufstehen, welche bereits im Ton eines sehr schlechten Humors ausgesprochen wird.

»Aber, lieber Mann, es ist noch nicht spät.« – Nicht spät, nicht spät! Wenn ich nun aber bälder frühstücken will, wenn ich Hunger habe! ... Aber man ist hier so träge! Warum hat man Kaffee gemacht? Ich möchte Chokolate. – »Du hättest es mir sagen sollen, lieber Mann.« – Man hätte mich fragen sollen. – »Du trinkst ja gewöhnlich Kaffee.« – Eben darum wollte ich heute eine Abwechslung haben ... es würde Dir doch gar nicht viel Mühe gemacht haben, nach meinem Begehren zu fragen ... Wer hat eingeheizt? ... Wie übertrieben! Wie unsinnig! Man kann hier nicht einmal Feuer anschüren ... Was ist das für ein Brod? – »Es ist Milchbrod.« – Ich habe Dir bereits gesagt, daß ich die Milchbrode nicht liebe ... Du kaufst sie also ausdrücklich, um widerspänstig zu sein! ... Man hat diesen Morgen an der Thüre geläutet: Wer war es? – »Der blonde junge Mann, der schon zweimal kam, Dich um Rath zu fragen, ob er heirathen soll. Du hast gesagt, er langweile Dich, darum habe ich diesen Morgen den Herrn wieder abziehen lassen, indem ich vorgab, Du seiest schon ausgegangen.«

Der Ehemann fährt von seinem Sessel auf und schlägt sich zornig auf die Kniee, indem er ausruft: »Aber wer hat Dich denn geheißen, diesen jungen Mann fortzuschicken? Du machst lauter Dummheiten! ... Just heute wollte ich mit ihm sprechen ... ich hatte ihm eine Mittheilung zu machen ... und man sagt ihm, ich sei nicht zu Hause! Ich glaube wohl, man möchte mich durch fortwährendes Cujoniren gerne ganz aus dem Hause treiben.«

Und in seinem Grimm sieht der Herr nicht, daß er mit seinem Ellbogen an die Kaffeetasse stößt; die Tasse fällt, der Kaffee läuft ihm über den Schlafrock herab; das verdoppelt die Entrüstung unseres Ehemannes, welcher schreit: »Nun ist auch mein Schlafrock hin! ... Ihre Schuld, Madame!« – Wie! meine Schuld? ... Du hättest Deine Tasse nicht umwerfen sollen. – »Man hätte mich nicht den

ganzen Morgen ärgern sollen.« – Man braucht Dich nicht erst zu
ärgern. Du haderst schon beim Aufwachen. – »Sind Sie mit Ihren
Unverschämtheiten bald zu Ende, Madame? Nehmen Sie sich in
Acht ... bringen Sie mich nicht auf's Aeußerste!« – Ach! mein Gott!
was Sie für wüthende Gesichter machen! man sieht wohl, daß wir
nicht in Gesellschaft sind. – »Willst Du schweigen?« – »Vor den
Leuten thust Du überzärtlich mit mir, damit man mich für sehr
glücklich halte ... ach! wüßte man, wie Du mich behandelst, wenn
wir allein sind!«

(Der Ehemann zähneknirschend:) »Willst Du schweigen?« – Darum machen mir auch die Küsse, die Du mir vor der Welt auf-
dringst, eine so erstaunliche Freude! – »Wenn Du jetzt nicht das
Maul hältst, so werfe ich Dir die Tasse in's Gesicht!« – Du wärest
fähig dazu, gemeines Ungethüm! – »Ha! Du schimpfst mich Ungethüm? ... Da hast Du's!«

Und die Tasse fliegt auf die Frau zu, welche ihr durch eine
schnelle Wendung ausweicht, aber sich der Ohrfeige, die der Tasse
folgt, nicht entziehen kann.

*

Während die Frau weint, klingelt es; das Stubenmädchen meldet
Jemand.

Schnell sagt der Mann zu seiner Frau mit drohender Miene: »Ich
will nicht hoffen, daß Du Dein Geheul an die große Glocke hängst!
... Geschwind wische die Augen ... wo nicht, so folgt die Fortsetzung, wenn der Besuch weggegangen ist.«

Jemand tritt ein. Augenblicklich hat der Herr eine lachende lie-
benswürdige Miene, eine sanfte und flötende Stimme angenommen.

Der Besuch sagt zu der Frau: »Ich finde Sie blaß ... mit rothen Augen ... Sind Sie krank gewesen?«

Der Herr läßt seine Frau nicht zu Wort kommen; er beeilt sich,
dasselbe zu ergreifen und ruft aus: »O! es hat nichts zu bedeuten ...
sie hat gestern Nacht zu lange im Bette gelesen ... das greift ihr die
Augen an ... Schon hundertmal habe ich sie ermahnt: Liebes Herzchen, Du verdirbst Dir die Augen mit dem langen Nachtlesen, aber
man schenkt mir kein Gehör. Und da sieht man dann die Folgen ...

am andern Morgen hat man ein fahles Gesicht, rothe Augen ... aber sie wird ordentlicher werden, sie hat es mir heilig versprochen.«

So redend geht unser Mann auf seine Frau zu und streichelt ihr zärtlich die Wangen.

Das ekelhafteste aller Laster ist die Heuchelei, denn sie strebt nach der Ehre von Tugenden, die man nicht besitzt.

Der Räuber, der euch auf der Landstraße anfällt, bekennt euch offen, daß er ein Räuber ist.

Der Ehemann, der seine Frau vor den Leuten liebkost und sie zu Hause prügelt, ist lasterhafter als dieser Räuber.

Die Frau, welche mit einem solchen Ehemann gestraft ist und dennoch ihren Pflichten treu bleibt, verdiente, daß man ihr Statuen, einen Altar, einen Obelisk, einen Triumphbogen, eine Jubiläumssäule errichtete.

.

IX. Die Baumwollmütze

Der Ehemann, welcher Baumwollmützen trägt, thut sich selbst den größten Schaden, in seiner Haushaltung, bei den Leuten, und in dem Geschäft, das er treibt.

Die Baumwollmütze, insgemein Zipfelkappe genannt, hat zwei sehr wichtige Fehler: sie macht häßlich und macht lächerlich.

Wenn Einer ohnehin häßlich ist, was braucht er dann durch seine Kopfbedeckung diesen Mangel noch mehr herauszuheben?

Man wird mir antworten: »Vor seiner Frau hat man nicht nöthig, sich herauszuputzen.«

Aber eben das ist der Fehler der meisten Ehemänner, daß sie mit ihren Frauen nicht ein wenig kokettiren.

Wenn ihr verlangt, daß eure Damen immer Liebe für euch empfinden sollen, so bemühet euch mindestens einigermaßen, auch liebenswürdig zu erscheinen.

Vor eurer Geliebten (vorausgesetzt, daß ihr eine habt) würdet ihr euch gewiß nicht in der Baumwollmütze präsentiren; warum macht ihr euch also so wenig daraus, vor eurer Frau in solchem Aufputz gesehen zu werden?

Denket ihr vielleicht, eure Frau wisse nicht eben so gut wie eine andere zu beurtheilen, *was euch steht?*

Aber die meisten dieser Herren vegetiren zu Hause in einer Unordentlichkeit, welche gewiß nichts Plastisches hat. Man sollte meinen, daß sie damit sagen wollen: »Ah bah! unsere Frauen finden uns noch immer schön genug!«

Vanitas vanitatum! omnia vanitas!

Ihr seid gänzlich auf dem Holzwege, meine Herren, diese Damen finden euch nicht immer *nach allen Theilen* schön.

Und um wieder auf unsere Baumwollmützen zurückzukommen, so verbannt sie aus eurer Behausung, machet keine Umstände mit ihnen, bedenket, daß das euren Kopf angeht, und daß, wenn man einmal gewöhnt ist, solche spitzige Dinge auf demselben zu sehen,

man auf den Gedanken kommen könnte, euch mit einem noch spit-
zigeren *Kopfputz* zu dekoriren.

Zudem, muß man denn durchaus einer Melone gleich sehen?

X. Der schnüffelnde Ehemann

Der Schnüffler wird geboren, wie das Genie, der Mechaniker, der Musiker, der Dichter oder der Küchenkünstler geboren wird.

Der Mann, welcher als Junggeselle ein Schnüffler war, wird es noch mehr im Ehestande. Das kann man von den Frauen erfahren.

Es ist nur Schade, daß so ein herumschnüffelnder Mann sich nicht selber in seinem Hauswesen sehen und kritisiren kann; ohne Zweifel würde ihn das von seinem Steckenpferd kuriren.

Allerdings kann man ein Schnüffler und dabei ein sonst sehr achtungswerther Mensch sein. Ein schnüffelnder Ehemann kann seine Frau und seine Kinder herzlich lieben, sein Geschäft ehrenhaft besorgen, seine Bürgerpflicht genau thun und allen seinen Obliegenheiten gewissenhaft nachkommen.

Aber in seinem Hauswesen wird er dessen ungeachtet ein unaustehliches, widerwärtiges und langweiliges Möbel sein.

Vom frühen Morgen an findet der schnüffelnde Ehemann Gelegenheit, seinen unangenehmen Humor zu üben, sogar noch ehe er aus dem Bette steigt: »Frau, mein Sacktuch ... gib mir mein Sacktuch ... es muß auf dem Stuhl am Bette neben Dir liegen.«

Noch halb schlafend reckt die Frau den Arm aus und händigt ihrem Mann ein Sacktuch ein.

Dieser nimmt einen Anlauf, sich zu schnäuzen; aber in demselben Augenblick hält er ein, untersucht das Tuch und ruft aus: »Das ist nicht das meinige ... meine Schnupftücher haben keine farbigen Läufe ... es gehört Dir.« – Wohl möglich mein Lieber. – »Ja ... ja ... es gehört Dir ... das heißt und ist wohl zu bemerken, Deine Schnupftücher haben einen blauen Lauf und dieser da ist braun ... was soll das heißen?« – Das heißt offenbar, daß ich auch welche mit braunen Läufen habe. – »So! Du hast auch von dieser Gattung! Seit wann denn?« – Wahrscheinlich, seitdem ich sie gekauft habe. – »Und wann hast Du sie denn gekauft?« – Du lieber Himmel, ich kann mich an Tag und Stunde nicht mehr so genau erinnern. – »Das ist seltsam ... Du hast mir nicht gesagt, daß Du andere Sacktücher kauftest.« – Weil ich nicht glaubte, daß die Sache von solcher Wichtigkeit wäre, um Dich davon unterrichten zu müssen. Darf ich denn nicht das Geringste mehr kaufen, ohne Dich um Erlaubniß zu bitten? – »Ich behaupte das nicht gerade, aber ... Du wirst mir doch wohl zugeben, daß ich mit Recht erstaunt war, als ich ein Sacktuch mit braunen Läufen sah.«

*

Der Herr steigt ans dem Bett; er sucht seine Pantoffeln; er findet sie nicht auf der Stelle, wird ungeduldig und ruft der Magd.

Diese eilt herbei.

Sie sieht ihren Herrn in einem sehr verfänglichen Négligé: aber die Stubenmädchen sind daran gewöhnt, und es ist auch wahrscheinlich für ihre Tugend nicht mehr sehr gefährlich.

»Hanne, wo sind meine Pantoffeln? Ich suche sie schon accurat eine Stunde.«

Das Stubenmädchen zeigt dem Herrn die Pantoffeln, welche hinter einem Nachttisch am Bett stehen.

»Da sind sie, Herr.« – Ah! da sind sie ... Aber warum hast Du sie dorthin gestellt? Ist das ihr gewöhnlicher Platz? – »Ei, Herr, ich meinte es recht zu machen, indem ich sie unter das Bett stellte.« – Stelle ich sie denn gewöhnlich des Morgens dahin? Ich stelle sie unter diesen Lehnsessel neben dem Ofen. Man muß nie Etwas von seinem Platze verrücken. Ein anderes Mal aufgemerkt!«

Man kleidet sich an, das Frühstück ist aufgetragen. Die Frau trinkt ihren Kaffee, indem sie die Zeitung liest; der Herr backt sich eine Cotelette am Stubenofen. Doch bald stößt er seine Frau mit dem Knie an, indem er sagt:»Hast Du gestern Abend, nachdem ich ausgegangen, Holz nachgelegt?« – Holz nachgelegt, lieber Mann? (Man muß sich vorstellen, daß in der Stube geheizt wird.) Wie? Was meinst Du? – »Mich däucht, ich rede nicht hebräisch! Als ich gestern Abend um neun Uhr ausging, lagen noch zwei Scheiter im Feuer, ein dickes und ein dünnes; das reichte ganz gut für den Abend hin. Uebrigens verbiete ich Dir nicht, ein großes Feuer anzumachen, wenn Du frierst, ich frage nur darnach: denn diesen Morgen finde ich noch ein Scheit vorräthig, aber drei verkohlte im Ofen. Warum drei verkohlte, wenn Du nicht anders weitere hast herauf holen lassen, he?« – »Ach! wie langweilst Du mich mit Deinem *verkohlten Scheite*, Mann! Schreibe ich denn auf, ob man Holz beilegt oder nicht? Ich lese da ein unterhaltendes Feuilleton, und Du solltest mich nicht wegen eines Stückes Holz unterbrechen!«

Der Herr schweigt; er begnügt sich, Etwas zwischen den Zähnen zu summen, was er immer thut, wenn er über eine Antwort mißvergnügt ist.

Er fährt fort, zu frühstücken; aber bald murrt er: »Diese Milch ist schlecht; nie steht Rahm darauf, und zudem gibt die Milchfrau weniger als sonst. Meines Erachtens könnte man einen Topf halten, der nur zum Milchholen diente; dann könnte man genau sehen, ob die Milchfrau das richtige Maß einhält ... Hörst Du, Eulalie, hat man einen Topf dazu?«

Eulalia, in ihre Lektüre vertieft, antwortet nicht.

»So sprich doch; findest Du nicht, daß ich Recht habe, wenn man immer den gleichen Topf hielte, so würde man deutlich sehen, ob man das Gehörige hat, he?«

Madame antwortet zornig, jedoch ohne von ihrer Zeitung ein Auge zu verwenden: »Ja, ja, man soll einen Topf halten! Man soll zehn Töpfe halten, wenn Du es verlangst, jetzt lasse mich in Frieden!« – Ich sage Dir nicht: zehn! ich sage Dir ja nur: Einen! Das ist nichts Theures! Man verkauft dermalen sehr schöne Milchtassen und Töpfe von farbigem Ton mit Henkeln. Ich feilschte welche; einer kostet acht Sous. Ich will Dir sagen, wo man sie findet. Ah! der Teufel! Die Butter da schmeckt nicht gar süß! Was zahlst Du für diese Butter, liebe Frau? – »Ich weiß es nicht?« – Wie! das weißt Du nicht? – »Die Köchin kauft sie.« – Recht, aber ich setze voraus, daß Du mit der Köchin rechnest? – »Ei freilich' ... Ah! jetzt erinnere ich mich: sie kostet sechzehn Sous.« – »Du weißt es nicht gewiß ... Hannchen! Hannchen!«

Die Magd erscheint mit einem Stück Braten im Mund.

»Was kostet diese Butter da, Hannchen?« – Sechzehn Sous, Herr. – »Das Pfund?« – Natürlich ... nicht der Vierling. – »Ich will hoffen, daß es kein Vierling ist; aber es könnte ein Kilo sein.« – Wer ist das, der Pilo? – »Ich habe Kilo gesagt: das ist das neue Gewicht, das man überall einführen sollte, und Du solltest nach Kilo rechnen können.

Kurz, Deine Butter ist zu theuer für ihre Qualität. Vorgestern aß ich welche zum Frühstück bei einem meiner Freunde; er zahlt nur fünfzehn Sous, und seine ist besser als diese.« –Der Herr hat also seinen Freund nach dem Preise gefragt? – »Warum nicht?« – Man hätte dann vielleicht auch die *Firma* des Butterweibes erfahren können.«

Hannchen will gehen; der Herr hält sie zurück.

»Was issest Du da zum Frühstück, Hanne?« – Den Rest der Hammelskeule, Herr. – »So! ist denn kein Ueberbleibsel von dem vorgestrigen Beefsteak mehr vorhanden?« – »Warum nicht gar! Das hat schon lange seinen Herrn gefunden.«

Die Magd entfernt sich, während der Herr vor sich hinmurrt: »Ich sollte doch glauben, es müßte eigentlich von dem Beefsteak noch etwas da sein.«

*

Kommt die Zeit, wo man die Zimmer reinigt, so schwappelt der Herr unaufhörlich vor dem Besen der Magd umher; er sieht nach, ob sie nicht Staub in einer Ecke zurückläßt, ob sie jedes Möbel gut abgewischt hat.

Die Magd, ärgerlich darüber, ist schon gewohnt, ihrem Hausherrn das Kehricht zwischen die Beine zu kehren.

Wenn der Ehemann mit der Frau ausgeht, so prüft er jegliches Stück von dem Anzug derselben.

»Du willst dieses Kleid anlegen?« – Ja, lieber Mann. – »Du hast keine gute Taille darin ... Ah! Du setzest Deinen Lila-Hut auf?« – Allerdings. Ist er denn nicht hübsch? – »Doch, er ist hübsch; aber ich liebe das Bouquet darauf nicht ... Halt! Du hast die Spitzen von Deinem Shawl abgetrennt, warum denn?« – Weil sie zu schön für den Shawl waren, der jetzt ein wenig aus der Mode ist. – »Ich versichere Dich, daß er mit den Spitzen weit schöner aussah.«

Dank den Bemerkungen ihres Mannes, fängt die Frau ihren Anzug von Neuem an und geräth manchmal in so üble Laune, daß sie überhaupt nicht mehr ausgehen mag.

Madame hat zu dem Herrn gesagt, sie möchte sich gerne zwei bis drei Sommerkleider kaufen; der Herr hat nichts geantwortet, aber am folgenden Tag bringt er Stoff zu drei Kleidern heim, den er für seine Frau gekauft hat. Die Einhändigung geschieht mit den Worten: »Nun! ich hoffe, daß ich ein galanter Mann bin.«

Madame stellt sich vergnügt aus Artigkeit; aber die Kleider, die ihr Mann gekauft hat, sind nicht nach ihrem Geschmack; weder Dessin noch Farbe gefällt ihr; sie möchte dieselben schon abgenützt haben, um andere zu bekommen.

Hätte sie ihre Kleider selbst eingekauft, so würde sie hübschere ohne Zweifel wohlfeiler gekauft haben.

Kurz vor dem Mittagessen verfehlt unser schnüffelnder Ehemann niemals, die ganze Küche durchzustöbern: er deckt Schüsseln und Häfen auf, kostet die Ragoûts und ruft die Köchin: »Was ist das?« – Ein Hühnerfricassé, Herr. – »Hast Du keine Trüffeln darein gethan?« – Gewiß, Herr. – »Sonderbar, ich finde keine ... Ei, doch, jetzt bemerke ich eine ... Haben wir heute eine fette Suppe?« – Ja, Herr, da sehen Sie nur die Augen im Topfe. – »Ah, recht ... aber Du wirfst zu viel Grünes in den Topf, das verderbt den Geschmack der Brühe. Wie viel wirfst Du gelbe Rüben in den Kessel?« – Ei, meiner Treu', Herr, kann ich denn gerade die Zahl behalten? Ich werfe hinein, was ich für nöthig finde. Muß man denn jetzt die gelben Rüben zählen? – »Das wäre besser ... ich wette, es sind wenigstens sechs darin.«

Und der Herr deckt den Kessel auf, guckt hinein und sucht das Gemüse zu zählen, die Köchin aber, wüthend darüber, daß sie ihren Herrn immer in der Küche sehen muß, hätte gute Lust, ihm eine glühende Kohle in die Tasche zu schieben.

Während des Mittagessens fiel es dem Herrn auf, daß seine Magd eine rothe Nase hat, seine Frau ihre Serviette nur mit einer statt mit zwei Stecknadeln befestigte und seine Katze trächtig sei.

Abends, wenn Gesellschaft eintrifft, zankt der Herr die Stubenjungfer aus, falls einer der Gäste seine Füße nicht auf dem Strohboden vor der Thüre gesäubert hat; er läuft herum und sieht nach, wie viel Zucker man in die Wassergläser gethan; er ist es, der Hut und Shawl einer Dame in Empfang nimmt, der beides bei Seite legt und versichert: »Seien Sie ruhig, ich habe Alles sicher untergebracht. Wenn Sie weggehen, so wenden Sie sich hübsch an mich.«

Und verlangt dann die Dame ihren Shawl, so findet man, daß der Kater sich's bequem darauf gemacht hat, weil der Herr, welcher Alles besser machen will als andere Leute, den Shawl in ein Gemach getragen hat, wohin außer dem Kater Niemand kommt.

Und geht man endlich zu Bett, so läuft der Herr in allen Zimmern umher, um nachzusehen, ob Alles in Ordnung ist.

Zwei bis dreimal steht er wieder auf, damit er sich vergewissere, ob die Magd ihr Licht ausgelöscht und die Thüren gut verschlossen hat.

Bei einem schnüffelnden Ehemann hält es keine Bedienung auf die Dauer aus.

Die geduldigste Person schnürt nach einiger Zeit ihren Bündel und läuft davon.

Aber die Frau eines solchen Mannes kann es zu ihrem Unstern nicht machen wie die Magd.

XI. Der Ehemann im Theater mit seiner Frau

Madame hat Lust in's Vaudeville zu gehen; der Herr sagt zu ihr im Augenblick, wo man sich in's Theater verfügen will: »Meine Theure, was man heute Abend im Vaudeville gibt, scheint mir nicht sehr ergötzlich werden zu wollen. Gehen wir in's *Théâtre français*, das scheint mir bei Weitem den Vorzug zu verdienen.« – Was gibt man dort? – »Figaro's Hochzeit.« – Die haben wir schon Xmal gesehen und wieder gesehen. – »Macht nichts, man kann sie noch einmal sehen, sie ist immer ergötzlich; und dann wird dort so gut gespielt! Kurzum, wir gehen in's *Théâtre français*.«

Madame dringt nicht weiter in ihren Mann; da er die Güte gehabt hat, sie ins Theater führen zu wollen, so ist das bereits eine große Anstrengung, die er gemacht; sie will ihm daher ihre Dankbarkeit dadurch beweisen, daß sie ihm die Wahl des Theaters überläßt.

Man langt daselbst an und setzt sich in eine Loge.

Madame ist in der ersten Reihe, der Herr neben ihr; aber statt auf die Bühne zu sehen, richtet er seine Lorgnette auf alle im Saal anwesenden Damen, und wendet der Scene und seiner Frau den Rücken.

Das Stück hat seinen Fortgang. Der Herr lorgnettirt in Einem fort, wobei er von Zeit zu Zeit ausruft: »Jene Frau dort ist nicht übel ... aber die Beleuchtung ... dadurch wird man oft getäuscht! Jene dort hat sehr schöne Zähne ... wenn sie ächt sind ... aber welch' ein Kopfputz! ... welche Landpomeranzenmiene! ... Hier ist man schlecht daran, man weiß nicht, wohin mit seinen Knieen ... Diese Logen sind zu eng ... man hat den Wahnwitz, Logen für Zwerge zu machen ... ich setze mich weiter zurück ...«

Der Herr setzt sich zurück: er fährt fort zu lorgnettiren.

Seine Frau macht ihm bisweilen Bemerkungen über Spiel und Gesang; er antwortet ihr: »He? ... wie? ... ah, meiner Treu', ich habe nicht aufgemerkt!«

Nach einigen Augenblicken setzt sich der Herr wieder vorn hin, indem er ausruft: »Da hinten sieht man gar nichts; diese Logen sind sehr schlecht gemacht.«

Damit fährt er fort, in dem Saal umher zu lorgnettiren, und seiner Frau, welche lieber das Stück anhören möchte, seine Beobachtungen mitzutheilen.

Während des folgenden Akts hat der Herr einen seiner Freunde am Eingang in die Loge der Vorderbühne erblickt, und geht, sich mit ihm zu unterhalten.

Nach Vollendung des Akts kommt er zurück und geht bald wieder aus der Loge hinweg, um im Vorsaal auf und ab zu spazieren.

Diesmal bleibt er noch länger außen; bei seiner Rückkehr hat schon der vierte Akt begonnen.

Seine Frau sagt etwas ärgerlich zu ihm: »Woher kommst Du denn?« – Aus dem Foyer ... Ich habe mit einigen Bekannten geplaudert. – »Und ich muß allein sitzen bleiben.« – Ei, zum Kuckuk, liebe Frau! ich kann nicht den ganzen Abend an dem gleichen Platz geschmiedet bleiben; da schlafen mir die Beine ein. – »Wenn Du bei mir bist, *schläft Dir gewöhnlich Alles ein*.« – Und zudem, wenn ich mit Dir reden will, antwortest Du mir nicht. – »Ich höre dem Stück zu.« – Dem Stück! ... Du lieber Gott! Wir können es ja auswendig, haben es schon zwanzigmal gesehen ... – »Man spielt es aber sehr gut ... und zudem hast Du mich ja selbst veranlaßt, herein zu gehen!« – Ja doch ... aber konnte ich wissen, daß ich Alle, die darin auftreten, schon gesehen habe. – »Soll man Dir für Deine fünf Franken jedesmal das Stück neu besetzen?« – »Ach! was ... Schließerin! Schließerin! ...«

Die Schließerin erscheint an der Logenthüre.

»Geben Sie mir das Abendjournal, den Moniteur, den Messager ... Gleichgültig, welchen von beiden ... daß ich Etwas zu lesen habe.«

Die Schließerin gibt dem Herrn das Journal.

Unser Ehemann liest sich in die Zeitung hinein und der Vorhang fällt wieder, ohne daß er ein Wort mit seiner Frau gesprochen, oder nur *eine* Scene von dem, was man spielt, angehört hätte.

Während des nun folgenden Zwischenakts, des letzten an diesem Abend, will er schlechterdings hinausgehen, um Orangen zu kaufen; seine Frau erklärt ihm aber entschieden, daß sie keine will. Er muß daher in der Loge bleiben. Jeden Augenblick steht er auf und setzt sich wieder; jetzt nimmt er seine Lorgnette wieder vor und richtet sie auf eine ziemlich hübsche Person, welche er in einer ihm gegenüber befindlichen Loge bemerkt hat, und um sie besser zu betrachten, wendet er seiner Frau gänzlich den Rücken.

Der fünfte Akt beginnt und Madame kann sich nicht enthalten, ihrem Manne zu bemerken: »Wahrhaftig, Sie haben eine sonderbare Art, sich im Theater zu benehmen! ... Wenn Jemand von unserer Bekanntschaft sieht, wie Sie mir den Rücken kehren, so muß das eine traurige Idee von dem Glück unseres ehelichen Lebens bei ihm erwecken.«

Der Herr kehrt sich um und schickt sich an, auf die Bühne zu sehen, indem er vor sich hin murrt: »Ah! Wenn Du Dich ärgerst, so ist das etwas Anderes.«

Der Akt wird abgespielt ... unser Ehemann rührt sich nicht; nachdem das Stück ausgespielt ist, wendet sich die Frau nach ihrem Manne, um zu sehen, ob er befriedigt ist; jetzt bemerkt sie, daß ihr Gatte in tiefem Schlafe liegt.

Die Frau stößt den Herrn an, welcher die Augen öffnet und ganz wach zu scheinen versucht, indem er ausruft: »Bravo! Bravissimo! sie haben ausgezeichnet gespielt; ich bin sehr zufrieden.«

Damit geht man nach Hause. Die Frau aber denkt in ihrem Herzen: »Es scheint, er hätte mich eben so gut in's Vaudeville führen können.«

XII. Der genußsüchtige Ehemann

Eigentlich kann ich nicht recht sagen, warum ich eine besondere Kategorie: »der genußsüchtige Ehemann« mache, denn mit wenigen Ausnahmen sind sie es Alle ... mehr oder minder.

Man sagt zwar immer, wenn man sich heirathet: »O, jetzt haben die Thorheiten ein Ende ... ich will solid sein ... ich habe die Welt genossen ... Beim Licht betrachtet, ist es doch immer der gleiche Spaß; darum bin ich fest entschlossen, bei meiner Frau zu bleiben.«

Einige Monate später spielt der Ehemann den Artigen, den Stutzer, den Verführer bei jeder hübschen Frau; er liebäugelt, seufzt, wagt sogar Erklärungen, ganz, als ob er nicht verheirathet wäre; nur mit dem Unterschied, daß die Klugen keine Liebesbriefchen schreiben, oder, falls sie die Sache nicht anders anzugreifen wissen, ihre Handschrift verstellen, gar nicht oder einen fingirten, oder einen verabredeten Namen unterzeichnen; denn: *Verba volant, scripta manent.* (Das Wort verfliegt, der Buchstabe bleibt.)

Fast alle solche Herren eignen sich ein hübsches Nämchen an, von dem ihre Frau nie Etwas gewußt, und in den Cirkeln, wohin sie als Junggesellen gehen, auf den Lustpartien, bei den Grisetten und Maitressen wird sich Herr Dupont *Arthur* nennen, Herr Benoît *Carl*, Herr Durand *Isidor* u. s. w.

Der Portier ist immer im Geheimniß; die Herren verfehlen nicht, ihm zu sagen: »Wenn Briefe für Herrn Isidor ankommen, werden sie mir zugestellt, aber nur, wenn ich allein bin; niemals in Gegenwart meiner Frau.«

Deßgleichen verstehen es die Ehemänner, einander zu helfen, sich in ihren galanten Abenteuern unter die Arme zu greifen.

So hat zum Beispiel einer der Herren ein Stelldichein auf den nächsten Tag mit einer jungen gefühlvollen Person, mit welcher er ein kleines Diner in geschlossener Gesellschaft innerhalb oder außerhalb der Mauern feiern möchte.

Demgemäß geht er zu einem seiner Freunde, der gleich ihm verheirathet und für außereheliche Flammen empfänglich ist. Er nimmt ihn bei Seite und sagt: »Morgen esse ich mit Dir zu Mittag ...« – Wie, morgen? ... Verzeih, ich wußte nicht ... – »So höre doch! Morgen wird angegeben, ich speise mit Dir im Gasthaus ... in Folge einer Wette, einer abgemachten Partie ... Du begreifst mich? ... Ich habe das zu meiner Frau gesagt, weil ich morgen nicht zum Essen heimkommen will: Verstanden?« – Ah, sehr gut! Das trifft sich süperb, denn ich speise morgen gerade auch auswärts. – »Wenn Du einen Augenblick zu einem Besuche bei mir Zeit hättest, so solltest Du vor meiner Frau von unserem Mittagessen mit mir sprechen, dann käme es ganz natürlich heraus.« – Recht gerne, ich will mich gleich zu Dir aufmachen. – »Großen Dank, mein Freund, ich gebe Dir ein anderes Mal Revanche!« – »Alle Wetter! ich rechne darauf.«

Und im Laufe des Tages besucht der gute Freund unsern glücklichen Seladon, und ermangelt nicht, ihm in Gegenwart seiner Frau zu sagen: »Morgen also speisen wir zusammen; ich hoffe, Du hast es nicht vergessen.« – Gewiß nicht, um fünf Uhr in der Rotunde, glaube ich ... – »Um fünf Uhr, aber präcis; auf den Schlag hin, wie die Soldaten – Madame, ich bitte um Verzeihung, daß ich Ihnen morgen Ihren Gemahl entführe; aber es ist ein schon lange bestelltes Diner von Herren. Uebrigens können Sie ganz beruhigt sein, wir werden keine Thorheiten machen.«

Und Madame hat die Güte zu antworten: »Ich bin immer ruhig, wenn ich meinen Mann in Ihrer Gesellschaft weiß.«

Der genußsüchtige Ehemann ist durchschnittlich kurz angebunden mit seiner Frau; dagegen steht er ihr selten im Wege, und *verspricht* ihr, was sie will; wünscht sie in's Concert zu gehen, in's Boulogner Wäldchen, ein neues, famoses Stück zu sehen, einen Tag auf dem Lande zuzubringen, so antwortet er immer: »Ja, wir werden gehen, ich werde Dich dahin führen ... ich verspreche es Dir.«

Und die Versprechungen erneuern sich alle Tage, aber gehen niemals in Erfüllung. Bisweilen wird die Frau ungeduldig und spricht: »Bald ist es ein Jahrhundert, daß Du mir versprochen hast, mich auf's Land zu führen ... Es kann kein besseres Wetter geben als heute; warum gehen wir nicht sogleich?« – Heute kann ich nicht; ich habe Geschäfte ... muß zwei Männer des Gesetzes besuchen ... – »Nun und morgen?« – Ja doch ... Aber nein! ich vergaß ... es ist unmöglich: morgen gehe ich zu einer Verhandlung von Gläubigern eines Gantmannes; ich darf dabei durchaus nicht fehlen. – »Also übermorgen?«

Aus seiner letzten Schanze hinausgeworfen, antwortete der Herr: »Uebermorgen, da bleibt es ausgemacht.« – Ich werde mich zu guter Stunde ankleiden. Wir gehen um 12 Uhr Mittags, nicht wahr? – »Ja, um Mittag meine Theure!«

Am festgesetzten Tag hat Madame schleunigst ihre Toilette gemacht; sie ist noch ein wenig vor 12 Uhr fertig und frägt die Stubenjungfer nach ihrem Manne.

»Der Herr ist vor 11 Uhr ausgegangen, hat jedoch gesagt, er werde bald wieder heimkommen.«

Die Frau wartet.

Eine Stunde verfließt; Madame legt sich jeden Augenblick in's Fenster, hoffend, ihren Mann kommen zu sehen.

Eine zweite Stunde verfließt … dann wieder eine … Madame hat keine Hoffnung mehr … sie legt traurig Hut, Shawl und Kleid ab.

Endlich gegen vier Uhr langt der Gemahl an, ganz außer Athem, ganz schweißtriefend und völlig ermattet.

»Wie? Du bist nicht gerüstet?« ruft er seiner Frau zu. – »Gerüstet! … Ich war es am Mittag … ich war es noch vor einer Stunde; da ich Dich aber nicht mehr heimkommen sah, habe ich mich ausgezogen. – »Hätte ich das gewußt, so wäre ich nicht so sehr gerannt!« – So, Du bist gerannt … und kommst um vier Uhr, da wir um 12 Uhr weggehen wollten! – »Ich kann nichts dafür, daß mir Personen begegneten, die mich aufhielten.« – Du begegnest immer derartigen Personen. Es wäre besser und aufrichtiger gewesen, Du hättest mir gesagt, daß Du nicht mit mir ausgehen wolltest, dann wäre mir die Mühe, mich an- und auszukleiden und auf Dich zu passen, erspart geblieben. – »Ah! Du willst wieder bellen, schreien, zanken! … In diesem Fall gehe ich …«

Und der Herr nimmt seinen Hut und verschwindet.

So endigen die meisten Partien, welche die Frau mit einem Mann, der ein Wüstlingsleben führt, verabredet.

Bisweilen jedoch kann der Ehemann unmöglich einem Ausgang mit seiner Frau entwischen; diese hat sich auf's Sorgfältigste herausgeputzt und brüstet sich stolz am Arme ihres Gatten; in der That, die Sache ist so selten, daß sie einigen Werth haben muß.

Aber kaum hat das Paar ein Stück Weges zurückgelegt, so hält der Mann, wie von einem plötzlichen Gedanken ergriffen, inne und ruft aus: »Ach! mein Gott! ... und jener Sachwalter, der mich erwartet ... ich muß ihn wenigstens benachrichtigen ... er wohnt nur zwei Schritte von hier ... halt, meine Theure, gehe langsam voran, wende Dich links nach dem Boulevard, bleibe immer auf der gleichen Seite ... im Augenblick bin ich wieder bei Dir.«

Und ehe noch die Frau Zeit zu einer Antwort finden konnte, ist ihr Mann verschwunden und hat sie allein mitten auf der Straße stehen lassen. Sie entschließt sich, langsam weiter zu gehen; sie schlägt genau die bezeichnete Richtung ein. So geht sie ein Paar Stunden auf und nieder, sieht ihren Mann nicht mehr, und ist genöthigt, allein heim zu wandeln.

Abends aber schilt ihr Mann, zurückkehrend: »Begreife das, wer kann! ... ich habe Dich an allen Ecken und Enden aufgesucht, bin wie ein Narr auf den Boulevards hin- und hergerannt und konnte Dich nicht wiederfinden.«

Wenn der Wüstling-Ehemann einem unverheirateten selbstständigen Frauenzimmer den Hof macht, so sagt dieses gewöhnlich: »Aber wenn Ihre Frau wüßte, daß Sie Anderen schöne Worte geben!«

Unser Ehemann ermangelt niemals, zu erwidern: »Du lieber Himmel! ... kümmert sich denn meine Frau darum? ... Erstens genießt sie einer schlechten Gesundheit ... ist fast immer krank ... da begreifen Sie! ... Wenn sie nur zu Hause Alles hat, dessen sie bedarf ... wenn sie sich ihr Tränklein bereiten, ihre Küche überwachen, ihr Zimmermädchen abzanken kann, so ist sie glücklich.«

Was aber dergleichen Herren sagen, hindert ihre Ehefrauen nicht, sich sehr gut zu befinden und an etwas *ganz Anderes* zu denken, als an Latwergen und ihre Küche.

In der That, wenn man alle Schleichwege, alle Kunstgriffe, alle Verlegenheiten, alle Laufereien und Strapazen sieht, welche das

Handwerk eines Wüstling-Ehemanns begleiten, so frägt man sich mit Recht, ob diese Herren nicht glücklicher wären, wenn sie ihre Frau liebten?

Kommen sie euch nicht vor wie saumselige Zahler, welche bald diese, bald jene Straße vermeiden, um keinem Gläubiger zu begegnen, und in ein Paar Tagen ohne viel Vergnügen mehr Geld ausgeben, als sie gebraucht hätten, um Jedermann zu befriedigen und ihre gewohnten Gänge ohne Verlegenheit machen zu können?

XIII. Der schwelgerische Ehemann

Der schwelgerische Ehemann gilt in der Welt für einen guten Kerl. Wenn man von ihm spricht, so sagt Jeder: »Kennen Sie Den und Den? Welch' ein trefflicher Junge, stets guten Humors ... wie glücklich muß seine Frau sein!«

Ist es aber so gewiß, daß seine Frau ein beneidenswerthes Loos hat? ... Wohnt sie in der Stadt, so vergehen wenige Tage, wo ihr der Ehemann nicht Gesellschaft zum Essen mitbringt; sie erwartet vier Personen; er hat zehn eingeladen und sagt ihr das kaum einen Augenblick, bevor man sich zu Tische setzt.

Jetzt muß die arme Frau laufen und rennen, um die Gerichte zu vermehren, und während sie sich alle ersinnliche Mühe gibt, um die von ihrem Manne mitgebrachten Gäste gut zu bewirthen, amüsirt sich dieser, scherzt, raucht, spielt Billard oder Karten, bis die durch die mitgebrachte Ueberlast zum Tod ermüdete Frau der Gesellschaft anzeigt, daß aufgetragen sei.

Bei Tische ist ein solcher Lebemann in der angenehmsten Laune, vorausgesetzt, daß der Braten nicht zu braun, der Wein frisch und der Kaffee siedend sei. Fehlt es aber in einem dieser Punkte, so flucht er wie ein Heide und ruft: »Ha! das ist abscheulich! Madame, Sie sollten ein ander Mal Acht geben, daß nichts Verdorbenes aufgestellt wird.«

Und die arme Frau, welche seit mehreren Stunden nicht einmal Zeit gefunden hat, sich zu schnäuzen, antwortet sanftmüthig: »Du hast Recht, lieber Mann, aber man war ein wenig ... pressirt ... doch soll es nicht wieder vorkommen.«

Nach dem Essen bekümmert sich der Herr um Nichts, als wie er den Abend mit seinen Freunden auf's Lustigste zubringen könne.

Alle Ergötzlichkeiten sind nach seinem Geschmack, selbst solche, wegen deren man auf Tische und Bänke steigen und die Vorhänge abreißen muß, bei denen man sich mit Wasser besprizt oder Alles durcheinander wirft.

Besitzt er einen Garten, so kann man darin umherrennen, spielen, die Rabatten verderben, die Pflanzungen zertreten, die Blumen verheeren, das Obst abreißen, die Baumzweige abbrechen; unser Lebemann ist der Erste, der seine Freunde dazu verleitet, indem er ausruft: »Ah bah! ... man muß sich amüsiren. Ueberpurzeln wir uns! ... Machen wir Tollheiten! ... Schlagen wir Räder! ... Brechen wir was uns beliebt! ... Man muß sich auch in ungebundener Lust gehen lassen!«

Und die arme Frau hat dafür den ganzen nächsten Tag alle Hände voll Arbeit, um die in Haus und Hof angestellten Unordnungen wieder gut zu machen.

Feiert unser Lebemann seine Schwelgereien auswärts, so hat seine Frau zu Hause wenigstens Ruhe, aber der Herr kommt ziemlich oft mit einem Magenleiden heim, weil er zu viel Trüffelpastete, Champagner oder Punsch genossen hat.

Statt ruhig schlafen zu können, muß sie ihrem Manne Thee machen und eine Menge Erleichterungsmittel reichen, kurz, sie muß die Nacht wegen seines selbstverschuldeten Uebelbefindens opfern.

Außerdem hegen die Lebemänner eine große Abneigung gegen Geschäfte, gegen die Arbeit, gegen das Geldverdienen, sie wissen nur zu vergeuden.

Kommt dann ein Gläubiger, so macht sich ein solcher Kauz flugs davon, indem er sagt: »Wenden Sie sich an meine Frau; ich bekümmere mich nicht um dergleichen.«

Aus Allem zu schließen, was ich von einer Haushaltung, wo der Ehemann ein Schwelger ist, erfahren konnte, scheint es mir, daß es vorzugsweise der Herr Ehegemahl ist, welcher in einer solchen sehr glücklich sein muß.

XIV. Der unbesorgte Ehemann – Der eifersüchtige Ehemann

Nehmet euch in Acht, ihr Herren, die Unbesorgtheit ähnelt sehr der Gleichgültigkeit, und die Damen rächen sich bisweilen an einem gleichgültigen Ehemann.

Der unbesorgte Ehemann kommt, geht, verreist, ohne sich je darum zu kümmern, was in seinem Hause vorgeht.

Meldet ihm das Stubenmädchen: »Madame ist ausgegangen,« so macht er bloß »so!« und das mit einer Miene, welche besagt: »schon recht.«

Meldet man ihm später: »Madame ist nicht wieder heimgekommen,« oder: »Madame speist auswärts,« so macht er sein »so!« und weiter nichts.

Glaubt ja nicht, daß er da nachfrägt, um welche Stunde seine Frau ausgegangen, welche Richtung sie eingeschlagen habe, von wem sie zum Essen eingeladen sei; es fällt ihm nicht ein, auch nur eine dieser Fragen zu stellen.

Wenn er zuweilen unversehens nach Hause kommt, was übrigens nicht seine Gewohnheit ist, so findet er vielleicht daselbst bei seiner Frau einen jungen Mann, den er noch nie gesehen.

Dieser macht ihm eine tiefe Verbeugung, welche er sehr höflich erwidert, und seine Frau fragt ihn: »Kennst Du den Herrn nicht wieder?« – Nein ... nein ... ich besinne mich vergebens. – »Wir haben den Herrn bei Frau von B. gesehen; er hatte die Güte, mich auf dem Piano zu begleiten, und dann haben wir ein Duett gesungen.« – Ah! ganz gut, ganz gut! Ich glaube mich zu erinnern ... der Herr hat eine sehr schöne Stimme. – »Der Herr hat mich um die Erlaubniß gebeten, zuweilen mit mir zu musiciren, und als Du kamst, waren wir eben im Begriff, *ein Stück anzufangen.*« – Sehr gut, thut es, thut's; ich werde nicht stören. Der Herr ist sehr liebenswürdig, uns zu besuchen; ich bin entzückt, daß er mit Dir singt ... das wird Deine Stimme ausbilden, und die Stimme muß fortgebildet werden.«

Unser unbesorgter Ehemann hört einen Augenblick die Musik an, welche seine Frau mit diesem Herrn macht, aber bald läßt er sie bei einander und geht in sein Cabinet, um seinen Geschäften obzuliegen.

Indessen kommt der junge Mann, welcher wahrscheinlich an den *Duetten, die er mit Madame singt,* Gefallen findet, alltäglich, zuweilen selbst Abends.

Glaubet nicht, daß unser Ehemann diese unausgesetzten Besuche auffallend findet, daß er sich darum bekümmert; weit entfernt davon, hat er so sehr die Gewohnheit angenommen, den jungen Mann bei seiner Frau zu sehen, daß er, wenn er ihn nicht bei ihr findet, ausruft: »Wo bleibt denn heute Arthur? Warum ist er nicht gekommen? ... Sollte er unwohl sein? ... Hast Du nicht zu ihm geschickt?« Und andere derartige Fragen mehr.

Geht man spazieren, so nimmt Madame den Arm ihres Cicisbeo; der Ehemann läuft zur Seite, vorn oder hinten; er ist immer sehr zufrieden.

Madame geht auf den Ball, in's Concert, in's Theater, wenn und mit wem es ihr gefällt. Unser Ehemann findet das nie übel.

Madame geht oft sehr frühe aus, um in's Bad zu gehen; sie kommt zuweilen sehr ermüdet und mit hochrothen oder tiefblassen Wangen zurück. Ihr Kleid und ihr Halskragen sind sonderbar zerknittert.

Die Dienerschaft bemerkt das Alles; aber der Herr hat kein Auge dafür.

Der Herr hat eine Anstellung von tausend Thalern oder einen Handel, welcher ihm jährlich vier bis fünftausend Franken einträgt. Damit gibt man seiner Frau keinen Kaschemir, damit kauft man ihr keine Sammetkleider.

Indessen trägt Madame einen Kaschemir, hat die neuesten Juwelen, sie verbrämt ihre Kleider mit kostbaren Stoffen, und der Herr frägt sie nicht: »Woher kommt es, daß Du einen Kaschemir hast? ... Womit hast Du denn diese Juwelen bezahlt?«

Und zuweilen wird das Haus mit einer Eleganz, einem Luxus eingerichtet, welcher durchaus in keinem Verhältniß mit dem Einkommen des Mannes steht.

Der Herr aber frägt nie: »Alle Teufel, wie können wir solchen Aufwand machen?«

Hier könnte man der Unbesorgtheit einen andern Namen geben ... Ich will nicht sagen, welchen Namen man einem Ehemanne geben könnte, der so handelt.

*

Nach dem Portrait des *Unbesorgten* folgt hier das Bild des *Eifersüchtigen.*

Wenn ein Mann verheirathet ist, so sollte er sich ein für alle Mal das Dilemma stellen: »Entweder betrügt mich meine Frau oder betrügt sie mich nicht.« (Die Richtigkeit dieses Satzes wird Niemand zu bestreiten vermögen.)

»Betrügt sie mich, so verdient sie nicht, daß ich mich quäle, abhärme, unglücklich fühle, aus Furcht, ihr Herz zu verlieren.

»Betrügt sie mich nicht, so habe ich vollkommen Unrecht, sie zu beargwöhnen.

»Also, mag der eine oder der andere Theil der Hypothese eintreten, so habe ich immer Unrecht, eifersüchtig zu sein.«

Wie nun, liebe Leser? Ist das nicht eine fadengerade *demonstratio ad hominem*? Aber dennoch wird es in den Wind gesprochen sein und Niemand an der Eifersucht hindern, weil dieser Affekt keine Vernunftgründe annimmt. Ein eifersüchtiger Ehemann ist unglücklich und macht seine ganze Umgebung unglücklich.

Der scheinbar kleinlichste Umstand erzeugt in seiner Seele tausend Verdächtigungen. Dann plagt er seine Frau, schnauzt seine Kinder an, zankt die Magd aus und prügelt den Hund, wenn er einen hat.

Personen, die leidenschaftlich in der Lotterie spielen, fanden in Allem, was sie sahen, was sie hörten oder was sie träumten, einen Beweggrund, um diese oder jene Nummer zu setzen.

Hatten sie von einer Katze geträumt, so liefen sie eiligst hin und nahmen Nr. 44 und 88. Begegneten sie einem Betrunkenen, so mußte mit 77 und 13 gespielt werden. Fuhr ein Fiaker vorüber, so mußte die Nummer des Fiakers gewählt werden; war die Zahl höher als

90, so zerlegten sie dieselbe und fanden eine Terne oder Quaterne darin. Hatte Jemand Morgens drei Schläge an die Wand gethan, so war dies ein Zeichen der Vorsehung: man mußte auf 3 halten. Bei der Betrachtung einer Mauer hatten sie seltsame Gestaltungen gesehen, welche abermals Nummern bildeten; schauten sie zu den Sternen empor, so erblickten sie gleichfalls Zahlenfiguren; auf dem Grund einer geleerten Kaffeetasse nahmen sie Chiffern wahr; im Schnee, im Sand, im Feuer, kurz überall und in Allem fanden sie schon Anlaß, in die Lotterie zu setzen.

Einem Prediger der gegen das Lotto zu Felde zog, und im Eifer ausrief: »Heutzutage hört man nichts mehr als von 2, 6, 20, sprechen,« wurden in der Kirche selbst von mehreren Anwesenden diese Nummern nachgeschrieben.

Der Eifersüchtige gleicht den Spielern in allen Stücken. Hat seine Frau schlecht geschlafen, so ist ihr Gemüth durch irgend einen Gegenstand beunruhigt. Hat sie laut geträumt, so hat sie von dem und dem Herrn, meinetwegen von dem Großtürken, im Schlaf geredet; in den Großtürken ist sie freilich nicht verliebt, aber sie muß es in den und den Herrn sein.

Madame steht bald auf und hat kein Geräusch gemacht, da sie ihren Mann noch schlafend glaubt; aber dieser, welcher immer nur mit einem Auge schläft, sagt zu ihr: »Zum Henker! Du bist diesen Morgen sehr vorsichtig, wenn Du aufstehst ... Du fürchtest mich aufzuwecken, wie es scheint?« – Mein Freund, weil ich Dich schlafend glaubte, habe ich kein Geräusch machen wollen. – »Ah freilich! ... Du wolltest mich nicht aufwecken! Ein Ehemann, der schläft, ist bequemer! ... Warum stehst Du denn heute so früh auf? Was hast Du denn, das Dich drängt?« – Nichts; ich konnte eben nicht mehr schlafen ... überdies ist es Zeit, aufzustehen.«

Madame kleidet sich an. Der Herr prüft sie vom Scheitel bis zur Zehe; mit einem Blicke hat er alle Theile ihres Anzugs überschaut; er ruft: »Warum ziehst Du denn heute dieses Kleid an? Gehst Du aus?« – Ich habe es nicht im Sinne. Dieses Kleid ist eines von denen, welche ich oft anziehe, wenn ich zu Hause bleibe. – »Und diese Haube? ... Man sollte glauben. Du habest heute Pläne ...« – Wie? welche Pläne? Ist es denn nicht meine Gewohnheit, eine Haube aufzusetzen? – »Ja ... aber mit der Art, sie aufzusetzen, führt man bisweilen etwas weiteres im Schilde.«

Madame zuckt die Achseln und antwortet nicht mehr.

Wenn der Herr einen Geschäftsausgang zu machen hat und seine Frau sagt zu ihm: »Mein Freund, es ist Zeit zu Deiner Zusammenkunft,« so wird er antworten: »Es pressirt Dir sehr, mich fortgehen zu sehen.«

Wenn Madame ausgeht, so zählt der Herr die Minuten. Er frägt, wohin sie gehen will, welche Einkäufe sie zu machen, mit wem sie zu sprechen hat; er hat genau calculirt, wie viel Zeit sie dazu braucht; er hat ihr die einzuschlagenden Straßen und Gäßchen bezeichnet; sie soll weder rechts noch links abweichen.

Bleibt die Frau eine Viertelstunde länger aus, als ihr Mann ausgerechnet, ist er ihr in einer andern Straße, als der von ihm vorgeschriebenen, begegnet, so schließt er daraus, daß seine Frau Liebesintriguen habe.

Ißt Madame nicht viel bei Tische, so erklärt er das für Hinterlist; sie muß alsdann außer dem Hause Etwas zu sich genommen haben.

Ißt sie mit Appetit, so ist das verdächtig, womit hat sie sich denn angestrengt, um so hungrig zu sein?

Zieht sie dieses Theater jenem vor, so ist das verdächtig; wahrscheinlich hat sie Jemand ein Stelldichein gegeben und will dahin gehen, wo sie die ihr interessante Person zu treffen hofft.

Schlägt sie ihrem Ehemanne einen Ausgang mit ihm ab, so ist das höchst verdächtig; sie erwartet dann Einen, mit dem sie unter vier Augen sein will.

Ersucht sie ihren Mann dringend, nicht auszugehen und ihr Gesellschaft zu leisten, so ist das sehr hinterlistig; sie will dann jeden Argwohn, den ihr Mann fassen könnte, ablenken oder hofft vielleicht, daß er, *gerade wenn sie ihn um das Gegentheil bitte,* ausgehen werde.

Ist sie kalt und entspricht den Liebkosungen ihres Ehemannes nicht, so wird das im höchsten Grade verdächtig; sie liebt dann einen Andern und die Liebkosungen ihres Gatten sind ihr widerwärtig.

Ist sie sehr zärtlich, sehr herzlich, sehr liebevoll, so ist das mehr als verdächtig, denn es ist ein Kunstgriff, um ihrem Ehemann die Liebe, welche sie für einen Andern fühlt, zu verbergen.

Redet sie oft von diesem oder jenem Herrn, so ist das immerhin verdächtig: es beweist, daß sie viel an diesen Herrn denkt. Redet sie nie von ihm, so geschieht es, um ihr Spiel zu verdecken. Spricht sie übel von ihm, so ist das abermals eine List, damit man nicht eifersüchtig werde.

Und so fort und fort! Ich könnte eine ganze Litanei darüber singen, denn ihr sehet ja wohl, dergleichen Einbildungen nehmen kein Ende, so wenig als die Anlässe, Nummern zu wählen bei dem Lotteriespieler.

Summa summarum: um die Eifersucht ist es eine sehr traurige Sache; sie schlägt manchmal sogar tragisch aus: man denke an Othello!

Bei alle Dem aber ist es eine ausgemachte Thatsache, daß die Eifersucht vor Nichts bewahrt, an Nichts hindert. Im Gegentheil, sie erzeugt bisweilen in der Frau die Begierde, zu thun, an was sie sonst nicht gedacht hätte, denn Nichts erbittert so sehr als die Ungerechtigkeit.

Zudem ist ein eifersüchtiger Mann ein langweiliger Mann; er hat immer einen unangenehmen Humor und ist ein trauriges Subjekt, statt liebenswürdig zu sein! ... Daraus folgt, daß man ein Wohlbehagen empfindet, wenn man ihn eine Zeit lang los wird.

Glücklich die Ehemänner, welche es nicht sind!... (nämlich eifersüchtig.)

XV. Der Ehemann, der ist, was ihr euch denken könnt

Der ändert durchaus nichts an seinem Gesicht, an seiner Haltung, an seinen Manieren, an seiner Ausdrucksweise.

Ab uno disce omnes.
(Zu deutsch. Wer einen Hahnrei kennt, kennt alle)

Die Messagerien. (Eilwagen-Anstalten.)

Wollet ihr euch einen Begriff von der unaufhörlichen Bewegung der Menschenmasse machen, welche, um Paris zu sehen, kommt, sich aufhält, hin- und herfährt und wieder abzieht, von der zahllosen Menge Ausländer, Provinzler, Landleute, die sich nach der Hauptstadt Frankreichs verfügen, weil sie für die Einen der einzige Ort ist, wo sie ihr Glück machen können, für Andere die einzige Stadt, wo man auf angenehme Weise sein Vermögen verzehren kann, (für diese Alle ist nämlich Paris das achte Weltwunder, welches sie schon darum kennen lernen wollen, weil es den Meistern von ihnen allzu schwer werden würde, die sieben andern zu sehen) so gehet zu den großen Eilwagen-Anstalten in der Straße *Notre-Dame des Victoires* und ihr werdet eine Vorstellung von der endlosen Bewegung des Kommens und Gehens erhalten, ihr werdet Personen von jedem Stand, jedem Alter, jedem Rang zu Gesicht bekommen.

In der Regel langen die Gesichter hoffnungstrahlend an und reisen oft langgezogen und traurig wieder ab; denn wenn Paris der Sitz der Täuschungen ist, so ist es zugleich auch der der Enttäuschungen.

Man findet dort nicht, was mau zu finden hoffte; die Tauben stiegen nicht gebraten in den Mund der naiven Provinzler, welche in den Straßen umherlaufen, große Augen machen, und dabei seufzen, daß nicht Alles ihnen gehört, was sie bewundern.

In derselben Straße findet man auch die Eilwagen der Compagnie von Lafitte und Caillard nebst vielen andern Beförderungsunternehmungen, auf denen man zuweilen sehr weit fahren kann, wenn man nämlich nicht umgeworfen wird – was indeß ein Ereigniß ist, auf das sich jeder Reisende gefaßt machen muß.

Man kann keine fremden Länder sehen, ohne daß es Einen Etwas kostet.

Weltanschauung und Erfahrung erwirbt man nicht ungestraft; das Touristenmetier ist gefährlich.

Kehren wir zu den großen Eilwagen-Anstalten zurück! Denn hier gibt es komische Scenen, interessante und originelle Gruppen und Bilder die Menge.

Man kann keine zehn Minuten daselbst verweilen, ohne eine anziehende Beobachtung in den Kauf zu bekommen.

*

Vorerst also stellet euch einen unermeßlichen, bei Weitem mehr langen als breiten Hof vor, der von der Straße Montmartre bis in die Straße *Notre-Dame des Victoires* läuft.

Längs beider Seiten hin befinden sich die Bureaus, wo man sich Plätze bestellen kann, wenn nämlich noch einer übrig ist an den Ort, wohin man sich begeben will; denn das ist nicht immer der Fall.

Man reist heutzutage gar viel, nicht nur in Geschäften, sondern auch zum Vergnügen oder auf ärztlichen Befehl.

Wenn die Aerzte nicht mehr wissen, was sie ihren Patienten geben sollen, so schicken sie sie bekanntlich auf Reisen ... häufig als Vorschmack der letzten, längsten Reise.

Wenn ihr in den unermeßlichen Eilwagenhof von der Straße *Notre-Dame des Victoires* her eintretet, so gehet ihr unter einem Bogen durch, ihr habt sogar die Wahl unter drei Bogen: da jedoch die Wagen nur durch den mittleren fahren können, so find die Fußgänger gewöhnlich so frei, sich mit den beiden andern zu begnügen.

Rechts befindet sich die Verwaltung; ganz daneben sieht man das Bureau der Auszahlungen: ein reizendes Bureau, wo man fast niemals ein trauriges Gesicht trifft, wo man entzückt ist, Geschäfte zu haben.

Denn die Eilwagen dienen nicht bloß zur Personenbeförderung, sie belasten sich auch mit den berühmtesten Produkten der Landstriche, durch die sie kommen. Endlich führen sie das Geld spazieren, das, glücklicher als die Lebensmittel, stets unverdorben anlangt.

Euer Vater, euer Oheim, euer Pathe dürfen euch kecklich Geldrollen schicken, das macht euch wenigstens eben so viel Vergnügen, als eine Pastete, und braucht keine lange Ueberlegung.

Wenn ihr von der Straße Montmartre in den Hof eintretet, so gehet ihr vor dem *Kaffeehaus für Reisende* vorüber, und gegenüber bemerkt ihr die *Rauchanstalt für Reisende*, denn man bläst bisweilen Wolken aus, wenn man in Paris anlangt, und öfter noch, wenn man es verläßt.

Durch ein stets offenstehendes Gitterthor tretet ihr in den Eilwagenhof.

Eben sind einige Wagen angekommen und andere im Begriff, abzufahren.

Habt ihr euch, statt bloß Beobachter, Pflastertreter oder Vorübergehender zu sein, mit der Absicht dahin begeben, eine Diligence zu nehmen, so schauet ihr rings um euch: ihr suchet das Bureau, an welches ihr euch wenden müßt.

Die Mauern sind mit so viel Städtenamen überkleistert, daß euch die Augen vergehen; ihr verlieret jeden Anhaltspunkt und seufzet: »Mein Gott! wie soll ich den Ort finden, wohin ich reisen will? Und doch darf ich mich nicht irren, ich habe keine Lust, mich dahin führen zu lassen, wohin mich kein Geschäft ruft.« Eine Nachlässigkeit, die nur zu oft beiden Stadtomnibus vorkommt; aber in einem Eilwagen könnte das Quidproquo *zu weit* führen.

Ihr entschließt euch, in das nächste beste Bureau hineinzugehen. Ihr tretet höchst artig zu einem Angestellten vor, der gar nicht zu bemerken scheint, daß ihr ihn mit einem graziösen Lächeln beglückt; dessen ungeachtet spielet ihr den Angenehmen, indem ihr zu ihm saget: »Mein Herr, ich wünschte nach Saint-Malo zu reisen.«

Der Angestellte antwortet, ohne euch anzusehen: »Saint-Malo? West ... Straße nach der Bretagne.«

Ihr wußtet sehr gut, daß Saint-Malo auf der Straße nach der Bretagne liegt, und die Antwort dieses Herrn bringt euch um kein

Haar breit weiter, aber der Commis scheint so sehr in Anspruch genommen und so einsilbig, daß ihr keine Frage weiter an ihn wagt.

Glücklicher Weise hat ein Lastträger, der eben Päcke bringt, Mitleiden mit eurer Verlegenheit; er nähert sich euch und sagt: »Sie sind hier auf der Straße nach Italien; gehen Sie dorthin ... weiter unten werden Sie gleich das rechte Bureau finden.«

Ihr danket dem Manne und befindet euch wieder in dem Hof. Da man euch sagte, ihr würdet es *gleich* finden, so tretet ihr in das nächste Bureau, das ihr bemerket, ein, und bringt eure Phrase bei einem Angestellten an, der noch viel beschäftigter aussieht als der andere.

»Mein Herr, ich wünschte einen Platz nach Saint-Malo.«

Diesmal sieht euch der Commis mit höhnischer Miene an und entgegnet: »Saint-Malo ... West ... auf der Straße nach der Bretagne.« Dann bedient er andere Reisende und bekümmert sich nicht mehr um euch.

Jetzt fanget ihr an, in eine peinliche Stimmung zu gerathen; ihr hättet sehr Lust, zornig zu werden, wenn es euch voran hülfe, nun aber begnügt ihr euch, aus dem Büreau hinauszugehen und zornig mit dem Fuße zu stampfen, in der Hoffnung, daß dies den Angestellten ärgern werde; dieser aber hat es nicht einmal bemerkt.

Ihr kehrt in den Hof zurück, indem ihr vor euch hinmurmelt: »Da stehe ich, fest entschlossen, nach Saint-Malo zu reisen ... aber wie soll ich die Straße nach der Bretagne mitten unter diesen Wagen, Reisenden und Packen entdecken?«

Die Schrift sagt: »Suchet, so werdet ihr finden.«

Indeß gibt es in der Welt eine Menge Dinge, die man niemals findet, wenn man sie noch so lange sucht. Lesen wir also Alles, was auf diesen Mauern angeschrieben steht.

Ihr höret damit auf, womit ihr hättet anfangen sollen; ihr leset und sehet auf einer Seite: *Viertes Bureau, Osten, Deutschland.*

Weiter entfernt ist das Bureau nach Ronen und Dieppe, welches mit den Dampfschiffen von Boulogne und Calais, die nach Dower und London gehen, in Verbindung steht.

Endlich, wofern ihr mit Aufmerksamkeit verfahret, begehet ihr keine Mißgriffe mehr: ihr findet das Bureau, wo ihr euer Billet löset, dann gehet ihr in den Saal für Reisende, um euch auszuruhen, und treffet dort in der Regel Niemand an, weil die Reisenden sich lieber in dem Hofe aufhalten, und zwar darum, weil er immer belebt und ergötzlich ist, dieser Hof, in dem Leute aus allen Theilen der Welt anlangen.

Dort ladet man das Gepäcks auf einen Wagen, der sogleich abgehen wird.

Bewundert ihr nicht die Behendigkeit und Kraft der Männer, welche die Koffer, die Säcke, die Pakete in den obern Raum bringen?

Diese Leute klettern auf die Decke eines Wagens wie das Eichhorn auf einen Baum.

Hier ist eben eine Diligence angelangt, die man von Allem, was den Reisenden angehört, entlastet.

Diese sind neben dem Wagen stehen geblieben; die Mehrzahl mit unruhiger, argwöhnischer Miene. Der Eine verlangt seinen Koffer, der Andere seinen Reisesack: er fürchtet, seine Effekten möchten sich verirrt haben, weil man ihn versicherte, daß in Paris sich Alles verirre.

Ein Anderer läuft einem Commissionär nach, der, ohne ihn um Erlaubniß gefragt zu haben, bereits seinen Koffer auf seine Schultern geladen hat und sich durch die Straße Montmartre mit seiner Last entfernt.

»Holla, Commissionär!« ruft der nacheilende Reisende; »wo lauft ihr denn mit meinem Koffer hin? So haltet doch! Ich habe euch Nichts fortnehmen heißen!«

Der Offiziant setzt seinen Weg fort, indem er antwortet: »Seien Sie ruhig, guter Herr, ich kenne die besten Hotels in Paris; ich werde Sie an einen Ort führen, wo Sie wie zu Hause sein sollen.«

Der Reisende, der zu Hause sehr schlecht versorgt ist, schreit: »Ich will nicht dorthin gehen ... ich will besser daran sein als zu Hause! ... Zudem werde ich mein Absteigequartier zuerst bei einem Freunde nehmen; also lasset meinen Koffer los.« – So will ich ihn zu Ihrem Freunde tragen. – »Aber das ist unnöthig; ich nehme einen

Fiaker.« – Nun ja, so trage ich denselben in den Fiaker. – »Aber dazu brauche ich keinen Offizianten; das hätte der Kutscher besorgt.« – Ei, Herr, glauben Sie denn, die Kutscher von Paris tragen die Koffer? Dazu sind sie meistens zu stolz.«

Der Reisende mag sagen, was er will, er muß seinen Koffer von dem Commissionär tragen lassen, der ihn die Kreuz und Quere in der Straße umherführt, um ihm einen Fiaker zu suchen, den er ein Paar Schritte davon finden könnte, und ihm sein Gepäck nicht eher abläßt, als bis er ihn in einen Wagen geladen und eine sehr starke Belohnung dafür erhalten hat, daß er den Koffer wider den Willen seines Eigenthümers auf unnöthigen Umwegen spazieren trug.

Hier bemerkt ihr einen andern Reisenden, der den Commissionären glücklicherweise entronnen ist: unter dem einen Arm schleppt er zwei Reisetaschen, einen Nachtsack, eine Schachtel, einen Regenschirm, unter dem andern seine Frau, eine kleine Provinzialin mit sehr aufgewecktem Gesicht, welche überglücklich darüber erscheint, daß sie in Paris ist.

Sie zieht ihren Mann am Arme fort, indem sie sagt: »Nun, lieber Mann, sollen wir denn mit unsern Paketen in diesem Hofe stehen bleiben? Ich schmachte vor Begierde, Paris zu sehen, ich muß mich amüsiren ... ich will mich amüsiren; was machen wir denn hier?« – Aber, meine Beste, ich weiß nicht, in welchen Gasthof ich Dich führen soll; ich habe vergessen, mich zu erkundigen, wo wir gut aufgehoben sein würden. – »Und das seht Dich in Verlegenheit? Ei, mein Gott, fragen wir nach dem besten ... dem Hotel der Prinzen oder der Gesandten.« – Dazu, liebe Freundin, müßte ich die Apanage eines Prinzen oder die Gage eines Gesandten haben, denn Du weißt, daß ich meine Berechnungen nach bürgerlichem Fuße gemacht habe. Wir wollen zehn Tage in Paris zubringen ... und haben zu diesem Behufs täglich zehn Franken auszugeben, mit Inbegriff der Theater, der Fiaker, kurz aller Vergnügungen, die man sich in dieser Stadt machen kann: diese Summe scheint mir hinreichend, um sich sattsam zu erlustigen. Wir haben also hundert Franken in Paris springen zu lassen; mehr als diese Summe und was der Rückweg kostet, habe ich nicht zu mir genommen. – »Eben darum, mein Bester! Zehn Franken des Tags, das ist ja horrend! ... damit können wir ohne Anstand in den besten Gasthof von Paris gehen und leben wie unser Unterpräfekt!«

Der Mann läßt sich von seiner Frau beschwatzen, welche einem Commissionär befiehlt, ihnen den besten Gasthof zu zeigen.

Man führt das Paar in ein Hotel der Straße *de la Paix*.

Hier gibt man ihnen ein prachtvolles Zimmer, servirt ein kostbares Diner; des Abends verlangen die beiden Ehegatten einen Wagen, nehmen ein Paar Gläser Gefrorenes im Palais Royal und begeben sich sofort in die Oper.

Am andern Tage läßt sich der Mann, nach einem guten Gabelfrühstück, die Rechnung über sein seit gestern Verzehrtes geben, um zu erfahren, ob sie nicht vielleicht *länger als zehn Tage* in Paris bleiben könnten.

Die Ausgabe im Theater und Kaffeehaus miteingerechnet, findet es sich, daß bereits neunundneunzig Franken ihren Herrn gefunden haben. Der arme Ehemann muß schleunigst seine Pakete und seine Frau wieder unter den Arm nehmen und zwei Plätze in der Diligence bestellen, die noch am gleichen Tage von Paris abfährt.

*

Kehren wir mit dem Pärchen in den Eilwagenhof zurück.

Eine Dame und Kinder umringen einen aussteigenden Reisenden.

Man hielt Wache bis zu seiner Ankunft; man erwartete ihn mit Ungeduld. Kaum ist er aus der Diligence heraus, so drücken, umschlingen, umklammern ihn verschiedene Arme. Er empfangt die Liebkosungen seiner Frau und Kinder.

Glücklich Derjenige, dessen Rückkehr so viel Freude verursacht und der bei seiner Ankunft die Wonne auf allen Gesichtern leuchten sieht! Dieser muß die Glückseligkeit in Paris finden, denn es ist selten, daß man nicht selber das findet, was man Andern bringt.

Aber schauet dort in der Ecke jenen blassen, abgemagerten Mann mit traurigem und erloschenem Blick.

Sobald er aus dem Wagen stieg, hat er seine Augen rund umher geworfen: überall hat er gespäht, aber vergeblich. Niemand ist ihm entgegengekommen ... Niemand!

Seine Rückkehr ist also nicht ersehnt; wahrscheinlich sagt er sich das, indem er traurig seine Blicke zu Boden schlagt, und doch hat dieser Mann Frau und Kinder.

Man würde sich irren, wenn man sich einbildete, daß in dem Eilwagenhof alle Episoden heiter sein müssen; man weint dort auch, und dort sind die Thränen aufrichtig. Ost befindet sich daselbst eine Mutter, eine Schwester, eine Tochter, welche den Gegenstand ihrer innigsten Neigung bis au den Wangen begleiten und reichliche Thränen vergießen, wenn sie sich trennen.

Wann wird man sich wiedersehen?

Die Zeit der Rückkunft ist nicht immer gewiß und wer kann überhaupt für die Zukunft stehen?

Darum sagt *Bérat* in einem seiner hübschen Lieder, worin er das Wiedersehen am häuslichen Herde schildert:

> »Oft sind zu einem längern Weg,
> Die, die wir liebten, hingegangen,«

Leute, die über Alles scherzen, über Alles lachen, Alles in's Komische ziehen, begreifen nicht, wie man über die Trennung von seiner Frau oder seiner Tochter weinen kann, und da ihnen die Natur eine fühlende Seele für die schönsten Empfindungen des Herzens verweigert hat, so wissen sie nichts Besseres zu thun, als sich darüber lustig zu machen.

Aber neben diesen *Spöttern* von der sogenannten guten Gesellschaft werdet ihr noch Männer aus der großen Welt finden, die sich ihrer Rührung bei dem Abschied von einem geliebten Wesen nicht schämen, und so verkehrt man auch in Paris sein mag, die Zahl der Letzteren übersteigt doch noch die Zahl der Ersteren.

*

Viele Peitschenhiebe knallen, das Stampfen der Pferde, das Gerassel der Räder, das Hurrah der Postillone verkündet die Ankunft einer Diligence; die Diligence von Bordeaux fährt in den Hof ein. Eine neue Bewegung gibt sich kund und belebt das Gemälde.

Die Commissionäre eilen zu den Reisenden, um ihnen ihre Pakete abzunehmen; die Offizianten der Anstalt bringen Leitern herbei, um die Effekten abzuladen, und viele Leute vorher spazieren gehend oder auf steinernen Bänken sitzend, umgeben den Wagen.

Der Süden schickt nach Paris warme, lebhafte, eindrucksfähige Köpfe. Da ist ein Jüngling, der ohne Zweifel das Recht zu studiren kommt; sein erstes Wort beim Absteigen von der Diligence lautet: »Das Palais Royal? Wo ist das Palais Royal? Ich will es sogleich sehen.«

In dem Eilwagenhof fehlt es nicht an Menschen, welche sich des Neuangekommenen zu bemächtigen suchen, um seine Unerfahrenheit zu benützen und sich eine Zeitlang auf seine Kosten gütlich zu thun, indem sie seine Börse und sein Vertrauen ausbeuten. Glücklich noch, wenn es damit sein Bewenden hat, denn bei solchen eingefleischten Robert-Macaires liegt die Furcht sehr nahe, daß Einer, neben dem Aerger, von ihnen geprellt worden zu sein, auch sonst noch zu bedauern haben werde, ihren treulosen Lockungen nachgegeben zu haben; in Paris macht man leider Riesenschritte auf dem schlechten Pfade.

Jünglinge, die ihr in der Hauptstadt Frankreichs mit einem rechtschaffenen Herzen, einer glühenden Seele und dem für euer Alter so natürlichen Wunsche, die Vergnügungen von Paris kennen zu lernen, anlanget, mißtrauet jenen gefälligen Menschen, denen ihr im Eilwagenhof begegnet und die – sich stellend, als kämen sie so wie ihr eben erst in der Hauptstadt an – nicht ermangeln werden, auf einen Freund zu stoßen, der sich ihnen und euch zugleich zum Cicerone anbietet.

Diese Menschen und ihr Freund sind weiter nichts, als ein Paar Beutelschneider, welche bereits euern Reisesack beschnüffeln.

Vertrauet euch nur den Kommissionären zum Tragen eurer Effekten an, und dabei abermals nur denjenigen, welche das polizeiliche Zeichen haben.

Man sieht in den Eilwagen-Anstalten Gesichter aus allen Ländern; sie sind nothwendig das Stelldichein für alle Fremden die nicht mit der Staatspost anlangen.

Sie tragen noch die Anzüge ihrer verschiedenen Länder, aber natürlich etwas verschossen, zerknittert und verdorben durch die Reise. Den Stand und das Gewerbe einer Menge Personen kann man durch die bloße Betrachtung ihrer Haltung und Wendung herausfinden.

So werdet ihr eine Schauspielerin aus der Provinz, welche eine Anstellung in Paris zu suchen kommt, an ihrem mit alten Blumen, alten Federn und Bandschleifen überladenen Hut und an tausend kleinen Beimengseln erkennen, womit sie ihre Toilette verschönern zu müssen glaubt, die aber nur auf den Bühnen getragen werden und nicht einmal auf den Pariser Bühnen.

Der junge Mann, welcher seine Studien zu machen kommt, hat eine ganz passende Kleidung, eine ziemlich bescheidene Toilette, eine ehrliche und fast furchtsame Miene. Die Ermahnungen seiner Eltern schweben ihm noch in der Erinnerung vor; wenn ihr ihm aber in einigen Tagen begegnetet, würdet ihr ihn nicht wieder erkennen: Landpartieen, Rauchanstalten und die Weinkneipe bringen rasche und zum Unglück, vollständige Veränderungen hervor.

Sehet dort eine junge Person, die allein aus dem Wagen steigt: sie ist einfach, aber anständig gekleidet; ihr Gepäck besteht nur in einem kleinen Felleisen und sie hält in der Hand einen Brief, dessen Adresse sie betrachtet, um sich dieselbe zeigen zu lassen.

Armes junges Mädchen, das ohne Zweifel ein Unterkommen in Paris sucht und statt aller Mittel ein Empfehlungsschreiben besitzt. Möchte sie gut adressirt worden sein!

Schon nähert sich ein hübsches Herrchen, das einen Theil seiner Zeit in dem Eilwagenhof zubringt, um derartige weibliche Reisende auszukundschaften, der Jungfrau, und macht ihr den Vorschlag, sie an das Haus zu geleiten, das auf ihrem Briefe bezeichnet ist; aber fast in demselben Augenblicke eilt ein dicker Auvergnate, Commissionär bei der Eilwagen-Anstalt, gleichfalls herbei, indem er in seiner naiven Aussprache sagt: »Kommen Sie mit mir, Mamsellchen, ich zeige Ihnen den rechten Weg und führe Sie nicht an der Nase herum, wie dieser Herr thun könnte.«

Das schöne Herrchen sieht ergrimmt aus; er scheint dem Commissionär drohen zu wollen, dieser aber mißt ihn von oben bis unten und sagt: »O, ich fürchte Sie nicht! Nehmen Sie sich vielmehr vor mir in Acht. Schon lange beobachte ich Sie ... sobald Sie wieder einen Streich machen, werde ich Sie von dem Herrn Polizei-Commissär zwicken lassen.«

Wie er von dem Commissär sprechen hört, verschwindet der Herr, und das junge Mädchen entfernt sich mit dem Auvergnaten, dem sie für seinen Beistand dankt.

Ohne diesen braven Mann hatte in der That die Zukunft der jungen Person verloren sein können; denn in dem Leben eines Frauenzimmers hängt oft Alles von einer einzigen Unvorsichtigkeit ab.

Dort ist ein ungeheurer Engländer, der nach Paris eilt, um eine Menge Sachen zu verschlingen, die man in England nicht hat. Dieser Sterbliche übt gar kein Mitleiden an seinem Riesenbauch.

Aber hier, welches glückliche Angesicht, welche befriedigte Miene bei diesem noch jungen Herrn, der leicht aus der Diligence springt und schon Blicke voll Wonne um sich wirft!

Gewiß hat er eben eine bedeutende Erbschaft gemacht; er ist noch nicht an den Reichthum gewöhnt und will es versuchen, ihn in Paris durchzuschlagen. Man wird es ihm an Mitteln und Wegen dazu sicherlich nicht fehlen lassen.

*

Es ist noch nicht lange her, daß man in diesem Hofe unaufhörlich einem Manne von etwa vierzig Jahren begegnete, der armselig, aber nicht abgerissen gekleidet war.

Sein ganzes Wesen deutete eher auf Unglück und Kummer als auf Elend, denn in Paris ist das Elend mitunter lustig: es lacht unter seinen Lumpen, singt in den Dachkammern, und seine Sorglosigkeit scheint das Glück, das vor ihm flieht, und die Reichen, die es zurückstoßen, zu verhöhnen.

In Paris sind viele arme Philosophen, was ein großes Glück ist; Frohsinn und Gesundheit bildenden Reichthum Derer, welchen Reichthümer mangeln.

Kommen wir auf unsern Mann in dem Eilwagenhof zurück.

Sein blasses, langes Angesicht, seine eingefallenen Wangen und seine hohlen Augen, in welchen man nur ein unbestimmtes Hinstarren zu erkennen vermochte, flößten Interesse und Mitleid ein. Es war etwas Seltsames an ihm und man errieth leicht, daß dieser Unglückliche kein Pariser sei.

Um welche Stunde man sich auch in den Hof der Messagerien begeben mochte, man durfte darauf rechnen, dieses sonderbare Wesen zu finden. Auf einer Steinbank sitzend, den Kopf auf die Brust gehängt, schien der Mann in traurige Gedanken versenkt und sah von der ganzen Menschenfluth, welche ihn umwogte, Nichts, gar Nichts.

Sobald aber das Geräusch eines in den Hof einfahrenden Wagens zu seinen Ohren gelangte, stand er eiligst auf, näherte sich der Diligence und betrachtete jeden absteigenden Reisenden mit ängstlichen, suchenden Blicken.

Nach dieser Prüfung stieß er einen tiefen Seufzer aus und kehrte mit noch traurigerer Miene zurück, um sich auf die Steinbank zu setzen, auf der er zuweilen bis tief in die Nacht hinein verweilte.

Dieser Mann, dem man immer begegnete, mußte nothwendig die Aufmerksamkeit erregen und die Neugierde reizen. Fragte man die Angestellten der Anstalt, wer dieser unvermeidliche Gast sei, und welcher Beweggrund ihn alle Tage an den gleichen Ort zurückführe, so entsprachen diese mit folgender Erzählung: Eines Morgens hatte der Eilwagen von Bayonne diesen Mann, der damals gut gekleidet war, und so zufrieden als gesund aussah, in dem Hof der Messagerien abgesetzt. Von der Imperiale, wo er genistet hatte, herabsteigend, sah man ihn allerlei Luftsprünge und heitere Bewegungen machen, wobei er in einem Kauderwälsch, das man zuerst nur mit Mühe verstand, hernach aber als die Mundart der Bewohner von Nieder-Navarra erkannte, ausrief: »O, welches Vergnügen! Da bin ich ... endlich habe ich Bordeaux erreicht!«

Wie sich von selbst versteht, hatte sogleich Alles einander angesehen und war Jedermann in ein Lachen ausgebrochen, der hörte, daß der in Paris anlangende Reisende sich in Bordeaux glaube.

Sofort hatte man es sehr lustig gefunden, den Neuangekommenen nicht zu enttäuschen, sondern ihn vielmehr in seinem Irrthum zu bestärken.

Da es überall gute Seelen gibt, die sich ein Bene damit thun, Andere zum Besten zu haben, so hatte ein Quidam, der gleichfalls aus der Diligence gestiegen, aber sehr gut mit Paris, wo er zahlreiche Bekanntschaften hatte, vertraut war, sich alsbald dem Fremden genähert und seinerseits ausgerufen: »Ja mein Herr, wir sind in Bordeaux. Ah! das ist eine stolze Stadt! Mir scheint, Sie kommen zum erstenmal hieher.«

»Allerdings, zum erstenmal. Ich hatte nie mein Land verlassen, bin aus Unter-Navarra, und komme, mich mit meiner Familie in Bordeaux anzusiedeln.«

Abermals war Jeder in ein Lachen ausgebrochen, als man hörte, daß der Wicht seine Frau und Tochter, die auf dem Wege nach Bordeaux waren, erwarte.

Der Fremde hatte die Leute da sehr heiter gefunden, war aber von ihrer Heiterkeit nicht betroffen worden, denn man hatte ihm vorausgesagt, Bordeaux sei eine Stadt des Vergnügens, deren Einwohner außerordentlich gerne scherzen, spielen, sich ergötzen, kurz ein lustiges Leben führen; er war daher durchaus nicht erstaunt, daß man wie im Chor um ihn her ausrief: »Man amüsirt sich in Bordeaux gerade so gut als in Paris.«

»Wissen Sie es schon: man hat kaum erst mehrere Säle zu Schauspielen, Bällen und Concerten gebaut.«

»Die Frauenzimmer hier sind köstlich. Sie werden sehen, mein Herr, wie geschmackvoll sich die Damen von Bordeaux zu tragen wissen und dabei, wie reizend, verführerisch, gescheit sie aussehen! ... Mein Herr, Sie müssen die Moden von Bordeaux wählen, es sind die hübschesten.«

»Freilich, die Garonne ist in diesem Augenblick sehr gefallen ... ihre großen Schiffe kommen nicht mehr in den Hafen; aber es wird nur einige Tage anstehen, so erscheinen die Schiffe wieder vor dem *Pont des arts* ... das ist eine der schönsten Brücken von Bordeaux.«

»Auch unsere Säulen müssen Sie sehen, mein Herr: wir haben hier Säulen ganz nach dem Muster der Pariser. Sind Sie nie in Paris gewesen?«

»Niemals,« antwortete der Fremde gutmüthig; »niemals, da ich nicht aus meinem Lande herauskam.«

»So kennen Sie das Palais Royal nicht?«

»Was ist das Palais Royal?«

»Ein öffentlicher Platz in Paris zum Spazierengehen, aber es gibt einen fast eben so schönen in Bordeaux.«

»Das Palais Royal von Bordeaux ist ein reizender, ein entzückender Aufenthalt, ein Bazar, ein ewiger Markt, das Stelldichein für alle Fremden; es gibt Leute, von Bordeaux nämlich, die es niemals verlassen, die ihr Leben im Palais Royal zubringen, dort frühstücken, diniren, soupiren, logiren; sie lassen sich dort kleiden, besuchen, frisiren und gehen dort in's Theater.«

»Auch gibt es Boulevards ... ah! Herr, die Boulevards von Bordeaux, welch' herrlicher Spaziergang! ganz wie in Paris.«

»Und erst die Oper, Herr! ... Wer die Oper von Bordeaux nicht gesehen hat, hat Nichts gesehen.«

Der Nieder-Navarrese ist entzückt, sich in einer Stadt zu befinden, wo man sich so lustig machen kann.

Das Subjekt, welches ihn schon einmal angeredet hat und dessen kleine, lebhafte Augen jene Bosheit verrathen, welche der Spitzbüberei auf ein Haar ähnlich sieht, sagt von Neuem zu ihm: »Aber, mein Herr, wo sind Sie denn in die Diligence nach Bordeaux eingestiegen?« – Das will ich Ihnen zu erklären suchen, Herr. Mit verschiedentlichen Gelegenheiten erreichte ich Bayonne; dort bin ich in ein Gefährt, das sich, glaube ich, nach Toulouse begab, gesessen; man sagte mir jedoch: in der nächsten Nacht wird der Wagen anhalten in ... meiner Treu', ich weiß den Namen nicht mehr, wo; daselbst müssen Sie den Wagen wechseln und in denjenigen steigen, der Sie schnurstracks nach Bordeaux führen wird.

»Ganz recht! sagte ich, und reiste weg. Während der Nacht schlief ich, als der Wagen wirklich anhielt. Man rief mir zu, ich solle absteigen und in einen andern Wagen sitzen.

»Halb im Schlafe stieg ich aus.

»Es waren dort mehrere umspannende Diligencen; ich wußte nicht, auf welche ich klettern sollte, als ein sehr verbindlicher Herr zu mir sagte: Wenn Sie nach Bordeaux gehen, mein Herr, so steigen Sie schnell ein, denn just jener Wagen ist im Begriff, abzufahren, und man würde nicht auf Sie warten.

»Ich ließ mir das nicht zweimal sagen, stieg auf, schlief wieder ein und da bin ich nun.«

Während der Fremde seine Reise dem Subjekt mit der verschlagenen Miene erläuterte, woraus sich denn ergab, daß der Navarrese, als er um Mitternacht den Wagen wechselte, auf den Pariser gestiegen war, in der Meinung, derselbe fahre nach Bordeaux, hatten sich die Reisenden einstweilen verlaufen, ein Theil zu seinen Geschäften, der andere in seinen Gasthof, so daß das Subjekt mit dem Fremden allein blieb, zu dem es mit sorglicher Miene sprach: »Haben Sie Gepäcke, einen Koffer auf dem Eilwagen?« – Nicht das Geringste,« antwortete der Navarrese. »Mein Geld führe ich bei mir, so wie diesen kleinen Sack, der mir nie von der Seite kommt. – »Desto besser,« antwortete der Mensch, dessen Gesicht vor Freude strahlte, weil er gefürchtet hatte, der Fremde möchte, wenn er sein Gepäck verlange, seinen Irrthum gewahr werden. So hält Sie also, mein lieber Herr, Nichts in dem Eilwagenhof zurück ... Wollen Sie meinen Arm annehmen und mir erlauben, Ihnen als Führer in dieser großen Stadt zu dienen, bis Ihre Familie ankommt? ... Ich kenne Bordeaux wie meine Schlafstube und glaube, daß meine Ortskenntniß Ihnen einigermaßen von Nutzen sein kann.«

Sogleich hatte der Fremde seinen Arm unter den dieses Menschen geschoben, indem er ausrief: »Ihr Vorschlag ist zu artig und verbindlich, als daß ich ihn ablehnen sollte; Sie leisten mir sogar einen großen Dienst damit, denn da ich nie aus meiner Heimath herausgekommen bin, so würde ich mich in einer so beträchtlichen Stadt anfangs etwas verlegen befunden haben.« –

»Das stellte ich mir gleich vor. Kommen Sie, und unterwegs werde ich Sie fragen, wenn es nicht unbescheiden ist, welcher Beweggrund Sie nach Bordeaux führt.«

Der Fremde begleitete diesen Menschen, der ihn mit aller Hast recht weit von dem Eilwagenhof ablenkte. Während dessen machte er ihm folgende Erzählung:»Ich lebte ruhig, tief in meiner Provinz, mein Herr, ich hatte hinreichend Vermögen, um glücklich bei meiner Frau zu sein, die ich zärtlich liebe, und bei meinem Kinde, das meine Seligkeit ist, als Unglücksfälle, ein Brand und allerlei sonstiger Unstern, mir fast mein ganzes Besitzthum raubten ... Ich verlangte weiter Nichts als Arbeit, um meine Familie zu ernähren, aber dazu bedurfte ich eines Platzes ... Ein Freund, der die Art meines Sinnes kannte, sagte zu mir:»›Ich kehre nach Bordeaux zurück; dort bin ich in einem Handelshause angestellt, wo ich auch Sie unterzubringen hoffe. Sobald ich dessen gewiß bin, werde ich Ihnen schreiben; dann können Sie mit Ihrer Familie abreisen und sich in Bordeaux niederlassen.‹« Damit empfahl sich mein Freund ... Nach Verlauf eines Monats erhielt ich einen Brief, worin er mich benachrichtigte:»›Ihr Wunsch ist erfüllt; kommen Sie, aber schnell, sonst müßte man über Ihren Platz verfügen.‹« ... Ich beeilte mich, mein kleines Besitzthum zu Geld zu machen, und da meine Frau ihre kleinen Vorkehrungen nicht eben so schnell vollendet hatte, als ich die meinigen, so reiste ich voraus und hier bin ich.« – Und was war Ihr Erlös? – »Fünfhundert fünfzig Franken ... Davon habe ich hundert meiner Frau zu ihren Reisekosten zurückgelassen und trage den Rest, nebst der Adresse des Kaufmanns, der mich erwartet und den ich jetzt aufsuche, in meiner Tasche.« – Lassen Sie diese Adresse sehen ... vielleicht kenne ich Ihren Kaufmann.«

Der Fremde zog ein Papier aus der Tasche und las:»Herr Desbuissons, Comödienplatz in Bordeaux.« – Herr Desbuissons! Ei gewiß, den kenne ich ... ich war oft mit ihm zusammen. Kommen Sie, ich führe Sie in sein Haus. O! reden Sie ihm nur von Badinguet ... Sie werden hören, was er Ihnen antwortet.«

Der Nieder-Navarrese ließ sich von Herrn Badinguet leiten (so hieß also sein neuer Freund).

Unterwegs zerbrach sich dieser Elende, der nichts weiter als ein Gauner war, den Kopf, wie er's anzugreifen hätte, um den armen Mann auszuziehen, der vierhundert und fünfzig Franken besaß und sich in Bordeaux glaubte.

Bald war das saubere Plänchen fertig. Herr Badinguet führt den Fremden auf den Odeonplatz, indem er sagte: »Wir sind hier auf dem Comödienplatz: in diesem Hause hier wohnt Herr Desbuissons; ich will mich gleich erkundigen, ob er zu Hause ist.«

Damit eilt er zu dem Thürsteher des Hauses, gewinnt ihn mit einem Geldstück für sein Interesse und kehrt zu seinem neuen Freunde zurück mit der Nachricht: »Herr Desbuissons ist verreist; man weiß nicht, wann er zurückkehrt, hofft jedoch, es werde nicht lange anstehen.« – »Der Teufel!« ruft der Navarrese aus; »was soll ich inzwischen beginnen?« – »Vertrauen Sie sich mir an, mein theurer Freund. Ich werde Sie in meinem Gasthause unterbringen, wo es Ihnen sehr bequem sein wird; dann sollen Sie an meiner *table d'hôte* essen, vier Franken das Couvert; es ist eine der besten in Bordeaux.« – »Aber wenn meine Frau kommt, so wird sie mich im Hause des Herrn Desbuissons, dessen Adresse sie hat, aufsuchen!« – »Je nun, wir hinterlassen ihr die Adresse meiner Wohnung, die man ihr einhändigen wird.«

Herr Badinguet wohnte gewöhnlich in einem kleinen *Hôtel garni* in der Straße *du Bac* zu Paris, wo eine *Table d'hôte* zu vierzig Sous das Couvert gegeben wurde. Dahin führte er den Fremden.

Ehe er ihn vorstellte, redete er zur Fürsorge erst ganz leise mit der Hauseigenthümerin und benachrichtigte sie, daß es sich um eine mit der Familie seines Gefährten abgeredete Mystifikation handle, welchem man übereingekommen sei, weis zu machen, er befinde sich in Bordeaux.

Die gewöhnlichen Gäste der *Table d'hôte* waren entzückt, als sie erfuhren, daß sie sich auf Kosten eines Fremden amüsiren würden; Jedermann machte sich ein Vergnügen daraus, dem Herrn Badinguet beizustehen, und als dieser seinen neuen Freund, der *Table d'hôte* von vierzig Sous per Kopf, vorstellte, brachten die Gäste um die Wette ihr Wort an, um den Irrthum des Neuangekommenen zu verstärken.

Der Navarrese, welcher, was die Küche betrifft, nicht schwer zu befriedigen war, fand, daß man in dem Hotel, wohin ihn sein Freund geführt hatte, ausgezeichnet speise; nur bemerkte er zuweilen, daß die Schüsseln dergestalt schnell an ihm vorbeigetragen wurden, daß er nie Zeit hatte, das Stück, welches er gewünscht hätte, zu nehmen; allein er dachte, das sei so der Landesbrauch.

Außerdem amüsirte er sich sehr an der Unterhaltung der Gäste; um die Wette machten sie Lobeserhebungen über Bordeaux und die Vergnügungen, welche man daselbst genieße. Alles dieses stieg dem Reisenden zu Kopfe.

Am Abend führte ihn sein Freund Badinguet in die Oper, indem er es so einrichtete, daß der Navarrese für Beide bezahlte wie an der *Table d'hôte*, während er sich den Schein gab, als bezahle er selbst seinen Theil.

Der Navarrese war entzückt über das Schauspiel, die Musik, den Tanz. Sein Freund führte ihn in's Palais Royal, und sein Entzücken verdoppelte sich.

Der andere Tag war gleichfalls eine fortlaufende Reihe von Vergnügungen, und Herr Badinguet veranstaltete es, daß er seinem Freunde nicht von der Seite ging und denselben nie allein ließ, aus Furcht, es möchte ihn Jemand aus dem Irrthum reißen.

Mehrere Tage verflossen auf diese Weise; der Navarrese fand Bordeaux bewundernswürdig.

Indeß begann er, sich über die Abwesenheit seiner Frau und seiner Tochter zu bekümmern; er erstaunte, daß sie nicht ankamen. Jeden Tag nöthigte er seinen Freund, ihn in den Eilwagenhof zu führen, wo er sie absteigen zu sehen hoffte.

So lange Herr Badinguet wußte, daß sein Freund noch Geld besitze, verließ er ihn nicht; als er demselben aber seinen Beutel völlig hatte leeren helfen, so verschwand er, und der Fremdling suchte vergeblich seinen treuen Gefährten, mit dessen Hülfe er die Ankunft des Herrn Desbuissons, den er niemals zu Hause traf, hatte erwarten wollen.

Was sollte der brave Mann, der kein Geld mehr hatte, in der Stadt, wo man es so schnell ausgibt, anfangen? Jeden Tag wuchs seine Unruhe darüber, daß er von seiner Frau keine Nachrichten empfing.

Endlich nahm er sich ein Herz und redete selbst mit dem Thürhüter des Hauses, in welchem sein Kaufmann angeblich wohnen sollte, und der Thürhüter lachte endlich dem armen Teufel in's Gesicht, indem er antwortete: »Alle Wetter! ist es denn wirklich wahr, daß Sie nicht wissen, daß Sie in Paris sind? In diesem Falle dauert der Spaß doch ein wenig lange.« – In Paris!« rief der Fremde aus. »Was sagen Sie mir da? Wie! ich bin nicht in Bordeaux? – »Sie sind sogar ziemlich weit davon weg!« – Aber dieser Herr Desbuissons? – »Den habe ich niemals gekannt; Ihr Freund hieß mich Ihnen so antworten, wie ich gethan.«

Der arme Mann schlug sich vor die Stirne; er rannte wie ein Aberwitziger in den Straßen umher, hielt mehrere Vorübergehende an und fragte sie, ob er wirklich in Paris sei; diese wurden zornig, da sie glaubten, der Navarrese halte sie zum Besten.

Er kehrte in sein Gasthaus zurück, und hier erfuhr er endlich die ganze Wahrheit; man hatte ihn unaufhörlich für seine Rechnung zum Besten gehabt.

Der Unglückliche befand sich ohne Geld, ohne Hilfsquellen, von seiner Familie entfernt. Die Verzweiflung bemächtigte sich seiner; er verfiel in eine schwere Krankheit.

Die Hauseigenthümerin, von Mitleid gerührt und bereuend, zu einem schlechten Spaß allzulange mitgeholfen zu haben, behielt und pflegte den armen Kranken, der einen Monat zwischen Leben und Tod schwebte.

Als er im Stande war, das Bett zu verlassen, besuchte ihn eine von Bordeaux kommende Person, welche die ganze Geschichte des Navarresen erfahren hatte, und sprach ihm Muth ein.

Da ihn seine Frau in der ihr bezeichneten Stadt nicht gefunden hatte und keine Nachricht von ihm erhielt, so war sie auf den Gedanken gerathen, daß er unterwegs gestorben sei.

Die Unglückselige hatte diesen Verlust nicht verschmerzen können; sie war gestorben, und nach einigen Tagen war ihr das der Muttersorgen beraubte Kind in's Grab gefolgt.

Als er dieses entsetzliche Unglück erfuhr und nun erkannte, daß er Alles, was er geliebt, verloren habe, verfiel der arme Mann in eine düstere Schwermuth; er schien sogar den Verstand verloren zu haben.

Von diesem Augenblicke an begann seine Gewohnheit, sich täglich in den Eilwagenhof zu begeben. Hier brachte er bisweilen ganze Tage zu, in immerwährender Erwartung der Ankunft jener geliebten Wesen, die er nicht mehr sehen sollte.

Darauf kehrte er in das Gasthaus zurück, wo man ihn fortwährend umsonst bewirthete, um das Unglück, das man ihm bereitet, einigermaßen zu vergüten.

Uebrigens sollte der arme Mann seinen Verpflegern nicht lange zur Last fallen.

Als er aufgehört hatte, in den Messagerienhof zu kommen, so hatte er auch zu leben oder vielmehr zu leiden aufgehört.

So erfuhr ich es aus dem Munde des Angestellten.

Das sind zuweilen die Folgen eines Scherzes, den man für prächtig hält. Mit Lachen fängt man an und mit Weinen hört man auf.

Doch genug von der traurigen Geschichte. Kehren wir noch einmal in den Messagerienhof zurück.

*

Da sind Leute, die abreisen.

»Adieu, Papa.«

»Adieu, Mama.«

»Adieu, Tante.«

»Adieu, liebes Bäschen.«

»Nicht wahr, ihr schreibet mir? Ihr denket an mich …«

»Sorget doch für Medor, führet ihn alle Tage spazieren … besonders aber leihet Niemand meine kleine Flinte … noch meine Bücher … noch mein Voltigirpferd …«

Es ist dies ein Lehrjunge, den man nach Deutschland schickt, um dort die Handlung und Landessprache zu lernen.

Seine Mutter, seine Tante und Cousine haben Thränen in den Augen und sehen den Vater, welcher seinen Sohn durchaus in die Fremde schicken wollte, mit beinahe wüthender Miene an.

Der Vater selbst kann nur mit Mühe seine Rührung verbergen und dem Sohn Trost zusprechen; er sagt feierlich: »Mein Freund, die Reisen bilden die Jugend ... Du gehst in das Land von Schiller und Göthe ... Du wirst Bier trinken und wirst Sauerkraut essen ... also, wenn Du heimkehrst, wirst Du ein gemachter Mann sein.«

Der kleine Jüngling begreift nicht ganz deutlich, daß man, um ein gemachter Mann zu werden, nothwendig Sauerkraut essen müsse, jedoch, um seinem Vater zu gehorchen und desto eher heimkehren zu dürfen, antwortet er ihm, in Thränen zerfließend: »Ja, Papa, ich werde viel davon essen ... o, Du sollst mit mir zufrieden sein!«

Aber schon ertönt die Stimme des Condukteurs: er ruft die Reisenden mit Namen auf; man ist im Begriff, nach Brüssel abzufahren.

Der Eine läuft herzu, indem er seine Taschen drückt, um zu sehen, ob er nicht Etwas vergessen hat; der Andere, welcher schon sechsmal seiner Frau Lebewohl gesagt, geht zum siebenten Mal, sie in seine Arme zu schließen, und flüstert ihr in's Ohr: »Du weißt, was Du meinen Gläubigern sagen mußt ... ich bin in Amerika ... auf neunzehn Jahre ...«

Ein kleiner, grüngelber und widerwärtiger Mensch, welcher sich im Gehen stets mit beiden Händen den Bauch hält, kehrt geschwind noch einmal um und ruft seiner Frau zu: »Meine Liebe! Ich habe es vergessen ... ich kann nicht ohne es abreisen, ich würde unterwegs krank ... Du weißt wohl, daß ich mich desselben alle Tage bediene ...«

»Geschwind, mein Herr, steigen Sie auf, Sie sitzen in der Rotunde; man wartet nur noch auf Sie.«

»Nur eine Minute, Herr Condukteur ... es fehlt mir Etwas, was ich nicht entbehren kann ...«

»Ei, mein Herr, was geht mich das an? Sie werden es in Brüssel finden.«

»Und bis dahin soll ich? ...«

»Ich hoffe doch, Sie werden sich desselben nicht in dem Wagen bedienen wollen.«

»Vielleicht!«

»Warum nicht gar? Das wäre schön!« ruft ein dickes Mütterchen, das in der Rotunde sitzt. »Ich will meinen Platz wechseln.«

Die Frau dieses Menschen kommt zurück und kreischt ihm mit triumphirender Miene zu: »Du hast es, lieber Mann, Du hast es ... ich hatte daran gedacht: es ist in Deinem Nachtsack ... zwischen zwei Töpfen mit Eingemachtem.«

Das Männchen verlangt jetzt, seinen Nachtsack, der bei den Päcken auf dem Kutschendache untergebracht ist, zwischen seine Beine legen zu dürfen.

Aber alle Reisende, die in der Rotunde sitzen, wehren sich dagegen; der Conducteur stößt den armen Mann in den Wagen hinein, und dieser muß getrennt von dem Gegenstande, den er so sehr vermißt, abfahren. Glückliche Reise!

 tredition®

Über tredition

Eigenes Buch veröffentlichen

tredition wurde 2006 in Hamburg gegründet und hat seither mehrere tausend Buchtitel veröffentlicht. Autoren veröffentlichen in wenigen leichten Schritten gedruckte Bücher, e-Books und audio-Books. tredition hat das Ziel, die beste und fairste Veröffentlichungsmöglichkeit für Autoren zu bieten.

tredition wurde mit der Erkenntnis gegründet, dass nur etwa jedes 200. bei Verlagen eingereichte Manuskript veröffentlicht wird. Dabei hat jedes Buch seinen Markt, also seine Leser. tredition sorgt dafür, dass für jedes Buch die Leserschaft auch erreicht wird.

Im einzigartigen Literatur-Netzwerk von tredition bieten zahlreiche Literatur-Partner (das sind Lektoren, Übersetzer, Hörbuchsprecher und Illustratoren) ihre Dienstleistung an, um Manuskripte zu verbessern oder die Vielfalt zu erhöhen. Autoren vereinbaren direkt mit den Literatur-Partnern die Konditionen ihrer Zusammenarbeit und partizipieren gemeinsam am Erfolg des Buches.

Das gesamte Verlagsprogramm von tredition ist bei allen stationären Buchhandlungen und Online-Buchhändlern wie z. B. Amazon erhältlich. e-Books stehen bei den führenden Online-Portalen (z. B. iBookstore von Apple oder Kindle von Amazon) zum Verkauf.

Einfach leicht ein Buch veröffentlichen: **www.tredition.de**

Eigene Buchreihe oder eigenen Verlag gründen

Seit 2009 bietet tredition sein Verlagskonzept auch als sogenanntes "White-Label" an. Das bedeutet, dass andere Unternehmen, Institutionen und Personen risikofrei und unkompliziert selbst zum Herausgeber von Büchern und Buchreihen unter eigener Marke werden können. tredition übernimmt dabei das komplette Herstellungs- und Distributionsrisiko.

Zahlreiche Zeitschriften-, Zeitungs- und Buchverlage, Universitäten, Forschungseinrichtungen u.v.m. nutzen diese Dienstleistung von tredition, um unter eigener Marke ohne Risiko Bücher zu verlegen.

Alle Informationen im Internet: **www.tredition.de/fuer-verlage**

tredition wurde mit mehreren Innovationspreisen ausgezeichnet, u. a. mit dem Webfuture Award und dem Innovationspreis der Buch Digitale.

tredition ist Mitglied im Börsenverein des Deutschen Buchhandels.

Dieses Werk elektronisch lesen

Dieses Werk ist Teil der Gutenberg-DE Edition DVD. Diese enthält das komplette Archiv des Projekt Gutenberg-DE. Die DVD ist im Internet erhältlich auf **http://gutenbergshop.abc.de**

Zeitfracht Medien GmbH
Ferdinand-Jühlke-Straße 7
99095 Erfurt, Deutschland
produktsicherheit@kolibri360.de